파스칼과 함께하는 여름

Un été avec Pascal

앙투안 콩파뇽
김병욱 옮김

muʃintree
뮤진트리

차례

머리말   6

01 이 무시무시한 천재   13
02 "구두 뒤축"   18
03 자기애   24
04 "오류와 거짓의 주인"   30
05 "파스칼 씨의 생애"   36
06 "세계의 여왕"   42
07 "설득술에 관하여"   48
08 폭정   55
09 결의론   61
10 아버지   67
11 "나는 사람들이 코페르니쿠스의 견해를   73
　　깊이 파고들지 않는 것이 좋을 거라고 생각한다"
12 파스칼과 마르크스주의자들   79
13 "이 무한한 우주의 영원한 침묵이 나는 두렵다"   86
14 단계   92
15 폭력과 진실   98
16 "제도적인 위대함, 제도적인 존경"   103
17 "달아난 생각"   109
18 "그는 천사도 짐승도 아닌, 인간이다"   115
19 자유사상가   121
20 "기쁨, 기쁨, 기쁨, 기쁨의 눈물"   127
21 파스칼의 방법   133

22 "숭고한 인간혐오자" 139

23 "오락이 없는 왕" 144

24 세 가지 질서 150

25 "마음은 자기만의 이유가 있다" 156

26 "그것은 몽테뉴에게서가 아니라…" 162

27 세 가지 사욕 168

28 예정설의 신비 173

29 '성스러운 가시'의 기억 179

30 중용 185

31 이중사고 191

32 "자아란 무엇인가? 196

33 촌락의 여왕들과 가짜 창문들 202

34 "불확실한 것을 위해 일하는 것" 208

35 "무한한 무" 214

36 사적인 악덕, 공공의 이익 221

37 "네가 나를 발견하지 못했다면, 226
   나를 찾지도 않을 것이다"

38 숨은 신 233

39 기하학의 정신, 섬세의 정신 239

40 교양인 245

41 므슈 드 몽스, 루이 드 몽탈트, 아모스 데통빌, 251
   솔로몬 드 튈티

참고문헌 257

옮긴이의 말 259

우리는 〈프랑스 앵테르〉 방송과 에쿠아퇴르 출판사의 '함께하는 여름' 시리즈를 몽테뉴로 시작했다. 그런 우리가 몽테뉴의 최고 독자였던 파스칼을 돌이켜보지 않을 수 있을까? 파스칼은 몽테뉴의 책을 누구보다도 주의 깊게 읽은 제자였지만, 그의 가장 확고한 적이기도 했다. 프루스트의 소설 《잃어버린 시간을 찾아서À la recherche du temps perdu》가 소설 속에 감춘 《생트 뵈브를 반대함Contre Sainte-Beuve》에서 탄생했듯이, 파스칼의 《팡세Pensées》도 《몽테뉴를 반대함Contre Montaigne》에서 탄생했다. 파스칼은 《팡세》에서 다루는 거의 모든 주제에서 "몽테뉴가 틀렸다"(454-525)고 말한다. "그는 자기 이야기를 너무 많이 한다"(534-649)라거나, "그는 책 전체를 통해서 그저 비겁하고 무기력하게 죽을 생각만 한다"(559-680)라거나, 특히 "자기 자신을 그리려는 그의 어리석은 계획"(644-780)을 비난한다.[1] 몽테뉴가 《팡세》 곳곳에 모습을 내비치는 이유는 그가 바로 파스칼이 개종시키고자 하는 교양인의 전형이기 때문이다. 파스칼만큼 몽테뉴에게 반대했던 사상가는 없지만, 그의 《팡세》는 몽테뉴의 《수상록Essais》 없이는 생각할 수 없을 것이다. 두 작가는 프랑스 문학을 위대하게 만든 불가분의 커플들 가운데 하나다.

그러므로 파스칼에 대해 말한다는 건 곧 우리의 근대성을 기초한, 다시 말해 정신의 자유를 기초한 기적 같은 듀오의 파트너에게 다가가는 것이다. 두 사람은 모든 편견에서 벗어나, 인간·사회·세계·권력·신앙·불안·죽음·놀이 등등의 다양한 주제들을 다룬다. 파스칼은 몽테뉴를 비판하고 그의 회의주의와 무기력을 비난하지만, 숙고 끝에 그의 생각에 동의하기도 한다. 예를 들면 두 사람의 정치적 선택이 그렇다. 둘 다 개혁을 불신하고 무질서를 두려워한다. 양식 있는 보수주의가

---

1 인용한 판본들에 관해서는 **257쪽**의 참고문헌을 볼 것.

둘을 가까워지게 한다.

몇 년 전에 방송에서 몽테뉴 얘기를 할 때는 즉흥적으로 작업했다. 마치 연애 소설을 쓰듯 방송 원고들을 썼고, 앞으로 어디로 나아갈지 모르는 채로 한 묶음씩 녹음했다. 하지만 파스칼의 경우는 시리즈 내용이 미리 조율되었고, 내게 좀 더 많은 엄밀함이 요구되었다. 전체를 한꺼번에 연이어 녹음해야 할 판이었다. 몽테뉴의 경우는 마음 가는 대로 자유롭게 해나가는 방식이 더 적합하긴 했지만, 그렇더라도 나는 잃어버린 자유가 걱정되었다. 끝이 이미 씌어 있고 어느 방향으로 가는지도 미리 알고 있다면, 방송이 아무래도 좀 더 학교 교육 같은 것이 되어버릴 위험이 있어서였다.

한데 주변 상황의 변화가 다른 귀결을 초래했다. 내가 조바심을 내며 다시 파스칼의 세계 속으로 빠져들었을 때(파스칼에 대한 나의 변함없는 사랑은 내가 대학에서 처음 강의했던 40여 년 전으로 거슬러 올라간다), 소중한 한 사람의 건강이 회복 불가능할 정도로 악화했다. 나는 그녀의 머리맡에서, 《시골 친구에게 보내는 편지Provinciales》와 《팡세》의 얽힌 실마리를 풀고, 주석을 달고, 글을 끼적

거리며 시간을 보냈다. 그녀는 내가 준비한 첫 번째 원고들 묶음을 읽고서, 자기 생각을 말해주고, 수정을 제안했다. 하지만 녹음은 취소될 수밖에 없었다. 그 뒤부터는 그녀의 기력이 쇠약해져, 사람들이 '임종의 집'이라고 말하는 곳에서 내가 그녀에게 그 후속 원고들을 읽어주었다. 그녀가 확실하게 반응한 마지막 원고는 "마음은 자기만의 이유가 있다"였던 것 같다. 우리는 파스칼이 말한 마음의 사유와 현대의 감정 철학 사이의 유사성에 관해 의견을 나누었고, 곧바로 나는 내가 쓴 텍스트를 손보았다. 마지막 나날들에도 "자아란 무엇인가?"와 "촌락의 왕비들과 거짓 창문들"을 그녀에게 읽어주었지만, 그녀가 듣지 않았으면 싶은 파스칼의 일부 인용문은 건너뛰었다.

이렇게 말하면 너무 심한 표현인지 모르겠지만, 파스칼은 나에게—심지어 우리 둘 모두에게—기분전환거리가 되어주었다. 나는 《팡세》의 아래 단편을 부단히 곱씹어보곤 했는데, 이 단편은 나를 몹시도 곤혹스럽게 했다.

"아내와 외아들의 죽음을 몹시 애통해하던 남자, 그가 아주 골치 아픈 언쟁에 휩쓸렸다. 그래서 그는 지금 전혀 슬퍼하지 않으며 그 모든 괴롭고 불안한 생각으로부터 완전히 벗어난 것처럼 보인다. 그런다고 해서 놀랄 필요는 없다. 누군가가 그에게 공을 날렸고, 그는 그 공을 그 동료에게 도로 날려주어야 한다."(453-522)

내가 쫓아갔고 최선을 다해 도로 날려주고자 했던 공, 그것이 바로 이《팡세》생각이다. 나는 파스칼과 게임을 했고, 그 게임은 나의 기분을 전환해주었다. 여러 날의 낮과 밤을 잘 건너도록 도와주었다.

이를 인정한다는 건 전혀 부끄러운 일이 아니다. 그저 파스칼의 논증에서 심심찮게 보게 되는 또 하나의 역설일 뿐이다. 그것은 인간의 깊은 진실에 대한 증거이자《팡세》의 냉혹한 현실성의 증거이기도 하다. 임종의 순간까지 우리는 마음과 이성에 관해 토론했다. 현실을 숨기거나 진실에 베일을 씌우기 위해서가 아니라, 파스칼이 쓴 모든 글이 너무도 도발적이어서 오직 죽음만이 침묵에, 무한한 침묵에 이르게 할 수 있기 때문이었다.

어려운 여건에서 이루어진 녹음들은 순조롭지 않았던 일정에 잘 적응해준 연출 감독 안 베인펠드와 배우 마리-소피 페르단의 인내심 덕분이다. 두 분께 감사의 마음을 전한다. 결과가 불확실한데도 또다시 나를 신뢰해준 로랑스 블로크, 안-쥘리 베몽, 올리비에 프레부르에게도 감사의 마음을 전한다.

라디오로 방송된 것은 서른다섯 편이지만, 나는 이 책을 위해 몽테뉴 때와 마찬가지로 마흔 편을 쓰기로 마음먹었다. 그리고 마지막 순간에 마흔한 번째 글을 덧붙였다. 그 글이 어느 것인지 짐작해보시기 바란다.

▪ 일러두기

- 이 책은 Antoine Compagnon의 《Un été avec Pascal》(Equateurs, 2020)을 우리말로 옮긴 것이다.
- 본문에 나오는 도서·영화의 제목은 원제목을 번역 표기하는 것을 원칙으로 하되, 국내에 번역 출간 및 소개된 작품은 그 제목을 따랐다.
- 본문 하단의 주註는 모두 옮긴이의 것이다.

01

"이 무시무시한 천재"

에릭 로메르의 '도덕적 콩트들Contes moraux' 중 한 편인 영화 〈모드 집에서의 하룻밤〉의 무대는 클레르몽-페랑이다. 영화에 클레르몽 출신인 파스칼 이야기가 많이 나온다. 오십 년 전인 1969년에 개봉된 이 영화의 시작 부분에서, 욕망에 마음이 흔들린 젊은 엔지니어 가톨릭 신자 역의 장 루이 트랭티냥은 서점에서《파스칼 전집OEuvres complètes》을 뒤적거린다. 그 후, 그와 하룻밤을 함께 보내게 될 젊은 여인 모드의 집에서《팡세》의 저자가 화제로 등장한다. 모드는 자신이 아는 이 저자의 두세 가지 문구를 상기하는데, 그것은 우리가 학교를 졸업한 뒤에도 오랫동안 기억하는 것들이다. 그녀는 '생각하는 갈대'(145-231)와 '두 무한'(230-199)을 인용한다. 어쩌면 '내기'(680-418)라든가 '클레오파트라의 코'(32-413, 79-46), '크롬웰의 요도'(622-750), 혹은 '촌락의 왕비들'(486-586)을 인용할 수도 있었을 것이다.《팡세》는 잊을 수 없는 많은 문구와 이미지를 담고 있다. 파스칼은 프랑스어의 위대한 거장 중 한 명이었을 뿐 아니라, 그 이전에 수학자에 탁월한 물리학자였으며, 철학자에 독보적인 신학자이기도 했다.

파스칼을 둘러싼 전설과 그에 대한 예찬으로는 샤토브리앙[2]이《기독교의 정수Génie du christianisme》에서 한 것이 최고로 꼽힌다. "12세 소년일 때 '막대기'와 '동그라미'로 수학을 창안했고, 16세 때는 고대 이후 가장 박식한 원추곡선 논문을 저술했던 사람, 19세 때는 전적으로 오성의 영역 안에서만 존재하는 학문[인간의 두뇌 속에서만 이루어지던 계산]을 기계화하는 데 성공했고[3], 23세 때는 대기의 중력 현상을 증명하여 고대 물리학의 가장 큰 오류 하나를 타파했던 사람, 다른 사람들이 이제 막 인정을 받기 시작하는 나이에 이르러서는 이

---

2 François Auguste René de Chateaubriand(1768~1848), 프랑스의 작가·정치가. 특히 낭만주의 문학의 선구자로 거론된다.
3 계산기의 전신인 계산 기계의 발명을 말한다.

미 여러 인문학의 원을 일주한 후 그 허무함을 깨닫고서 자신의 사유를 종교 쪽으로 돌린 사람, 그때부터 39세에 임종의 순간을 맞기까지, 보쉬에와 라신이 사용했던 언어를 정착시키고 가장 완벽한 재담과 가장 강력한 추론의 모델을 제시했던 사람, 마지막으로 병마와 병마 사이의 그 짧은 기간들에 기하학의 가장 난해한 문제 하나를 추상抽象으로 해결하고, 신과 인간에 관한 생각들을 종이 위에 던져놓은 사람, 이 무시무시한 천재의 이름은 **블레즈 파스칼**이다."

샤토브리앙은 파스칼을 낭만적 영웅, 프로메테우스 같은 거인으로 본다. 파스칼을 그의 적, 혹은 《팡세》의 대화상대인 자유사상가와 혼동한다. 다시 말해 파스칼이 개종시키려고 하는 자, 그에게 그 자신의 조건에 대해 공포심을 갖게 하여 개종시키려는 무신론자 혹은 종교에 무관심한 사람과 혼동하는 것이다. 파스칼은 자유사상가가 아니다. 그는 신이 존재한다는 확신을 지녔지만—혹은, 확신을 지닌 척했다고 할 수도 있을 것이다. 신앙을 가졌다고 해서 의혹이 들지 않는 건 아니니까—, 우리 현대인들은 자유사상가의 실존적 불안을 그의 것으로 여기고, 그를 우리와 동일시한다. 그의 내기 논증[4]이라든가, 오락, 현상의 이유[5], 이면의 사고思考, 섬세의 정신 등, 타락한 인간을 서술하는 몇 가지 잊을 수 없는 개념들이 그토록 충격적으로 받아들여진 건 그래서이다. "이 무한한 우주의 영원한 침묵이 나는 두렵다"(233-201)라든가, "천사가 되려는 자는 짐승이 된다"(557-678), "마음은 이성이 절대 알지 못하는 자기만의 이유가 있다"(680-423) 같은 충격적인 여러 문장이 모든 프랑스인의 뇌리에 각인되어 있다.

우리에게 파스칼은 과학과 신앙으로 갈라진 인간, 숨은 신의 비극과 인간 조건의 불안에 시달리는 근대인을 대표할 뿐, 우리는 그의 《팡세》가 '기독교 호교론護敎論'의 기본 골격을 이룬다는 사실을 간과하곤 한다. 비록 파스칼 자신이 그렇게 표현한 적은 없지만 말이다.

프루스트의 《잃어버린 시간을 찾아서》에서, 스완은 파스칼에 대한 자신의 예찬을 다음과 같은 역설로 표

---

4 신이 존재한다는 것에 내기를 하여 이기면 영생을 얻고, 진다 해도 잃을 것이 없다는 논리로 자유사상가를 설득하기 위한 파스칼의 논증을 말한다.
5 이 책의 6편 참조.

현한다. "내가 신문을 비난하는 이유는 맨날 시시콜콜한 일들에 주의를 기울이게 하기 때문이야. 중요한 일들이 기록된 책은 평생에 서너 번 읽는 게 고작인데 말이지. 매일 아침 우리가 그렇게 열렬히 신문의 띠를 찢어대니, 둘을 좀 바꿔볼 필요가 있을 것 같아. 나도 잘 모르겠지만, 신문에다가 그… 파스칼의 《팡세》 같은 걸 싣는 식으로 말이야! 그러면 그리스 여왕이 칸에 갔다거나 레옹의 왕비가 가장무도회를 개최했다는 소식 같은 건 (…) 우리가 십 년에 한 번 정도 펼치는 금박 단면의 책에서나 읽게 되겠지. 아마도 그래야 적정 비율이 회복될 거야."

《팡세》는 프랑스 문학의 걸작이지만, 원래는 병마와 죽음 때문에 편찬이 중단된 논고論考의 어수선한 단편들이다. 만약 파스칼이 이 저술을 완성했다면 어찌 되었을까? 그리하여 그것이 한 편의 논문이 되어, 번쩍이는 불꽃들의 형태를 취하지 않게 되었다면? 그래도 이 저술이 우리에게 이토록 매력적일까?

02

"구두 뒤축"

《팡세》에는 기이함으로 우리를 멈춰 세우는 수수께끼
같은 단편들이 가득하다. 예를 들면, "깨끗한데도 닦고
있는 앵무새의 주둥이"(139-107) 같은 것이 그렇다. 곧
우리는 이 단편이 기계적인 행위에 대한 고찰, 데카르
트가 생각했던 그 동물-기계들에 관한 고찰임을 깨닫
게 된다. 즉, 앵무새에게 성찰이란 것을 하는 정신적 능
력이 있다면, 이미 깨끗한 부리를 계속 닦지는 않으리
라는 것 말이다. 한데 사실 어떤 이들은, 아니 어쩌면
모든 사람이 동물처럼, 기계처럼, 자동인형처럼 행동한
다. 말이 많은 사람의 예를 보자.

"모든 걸 다 이야기한 후에도 15분이나 더 이야기하는 박
사님, 그만큼이나 그는 이야기하고 싶은 욕구로 가득 차 있

다."(483-581)

파스칼에게 기계적인 행위는 인간의 비참을 나타내는 증거다.

《팡세》에 실린 이런 수수께끼 같은 단편의 또 다른 예를 보자.

"구두 뒤축. / 오, 그것은 얼마나 잘 다듬어졌는가! 이 사람은 얼마나 솜씨 좋은 직공인가! 이 군인은 얼마나 용감한가! 우리의 성향이나 신분의 선택은 바로 여기에서 시작된다. 저 사람은 술을 참 잘 마시는구나! 저 사람은 술을 참 조금 마시는구나! 바로 이런 말들이 절주하는 사람이나 술주정뱅이를 만들고, 군인이나 겁쟁이를 만드는 것이다."(69-35)

"구두 뒤축". 오래전부터 나의 정신은 《팡세》에 자주 등장하는 이 모티프에 사로잡혀 있다. 만약 내가 회고록을 쓴다면 기꺼이 '구두 뒤축'이라는 제목을 붙이고 싶을 만큼 나에게 이 이미지는 인상적이다.

이 단편은 우리가 하는 행동들의 부조리함을, 우리

가 가볍게 내리는 더없이 중요한 결정들의 임의성을 설명해준다. 우리는 우연에 기대거나, 일시적인 기분이나 하찮은 동기로 인생의 중요한 선택을 한다. 직업을 선택할 때도 어떤 깊은 소명 의식 때문이 아니라, 평판이라든가 예상되는 칭찬 등 하찮고, 덧없고, 공허한 동기에 따라 결정하기도 한다. '잘 다듬어진 구두'라는 이 별것 아닌 세부 사실, '구舊체제' 때의 가장 천직에 속하는 것들 가운데 하나인 구두 수선공에게도 달라붙을 수 있는 자부심은 우리의 허영심에 대한 가소로운 예시다.

파스칼은 기꺼이 이 주제로 되돌아오곤 한다.

"직업. / 명예의 감미로움은 참으로 대단해서 사람들은 그것이 어떤 것에 결부되든, 설령 죽음에 결부되더라도 그것을 사랑한다."(71-37)

그것이 바로 어리석게도 영웅적 죽음이라는 명예에 현혹되는 전사의 소명이다. 이 단편은 "구두 뒤축"과 마찬가지로 《팡세》의 '허무' 묶음 속에 들어 있다. 파스칼은 자신의 숱한 단편들을 1658년에 분류했는데, '호교론'의 순서를 27개의 묶음을 통해 구상했다. 첫 묶음 10개는 인간론, 혹은 인간의 조건에 대한 묘사다. 뒤이은 17개의 묶음은 신학, 혹은 신을 향한 길에 대한 스케치다. 즉, "제1부: 신 없는 인간의 비참./제2부: 신과 함께하는 인간의 행복"이다. 달리 말하면, "제1부: 본성 그 자체에 의해서, 본성이 타락했다는 것./제2부: 성서에 의해서, 회복자가 있다는 것"(40-6)이다. 인간에 관한 제1장은 인간과 세계의 무와 공허를 고발하는 전도서의 첫 문구에 따라, "Vanitas vanitatum, et omnia vanitas(헛되고 헛되다, 모든 것이 헛되다)"라는 성경의 대주제, '허무'에 바치고자 했던 것 같다.

한데 파스칼에게는 직업의 선택이 인간의 허영심 vanitas을 나타내는 최고의 예 중 하나다.

"직업. / (…) 인간의 본성 속에는 얼마나 많은 본성이 존재하는가! 얼마나 많은 직업이 있으며, 또 얼마나 우연에 의한 것들인가! 모두 대개 남들이 좋다고 말하는 것을 택한다. 잘 다듬어진 구두 뒤축."(162-129)

우리는 겉을 보고 결정한다. 수학자나 물리학자, 시인이나 신학자 같은 직업이라고 해서 허무의 법칙에서 벗어난다고 생각하지는 말자. 파스칼은 자신의 과학적 탐구에도 명예에 대한 추구가 없지 않았다는 것을 안다. 제수이트Jesuit(예수회)들을 비판하는 그의 팸플릿, 그의 《시골 친구에게 보내는 편지》, 그의 "짧은 편지들 Petites Lettres"에서도 마찬가지다. 그는 이것들의 세속적 성공에 무관심하지 않았다. 그러니 우리는 모순에 처한다. 명예를 위해 행동하지 않는다면 무위와 게으름에 빠지게 되는 것이다.

"명예. / 감탄은 어린 시절부터 모든 것을 망친다. 오 참으로 말을 잘하는구나. 오 참으로 잘 만들었구나. 그는 어쩌면 그렇게 현명한가 등. 이런 부러움과 칭찬의 자극을 받지 못하는 포르루아얄Port-Royal 수도원의 어린이들은 무기력에 빠진다."(97-63)

어떤 결함(자부심, 명예의 추구)을 피하려다가 그 반대 결함(한가로움, 게으름)에 빠진다. 이를 파스칼은 겸

파스칼과 함께하는 여름

손하도록 교육받는 열망 없는 포르루아얄 수도원의 소학교 어린이들에게서 발견한다. 중도는 인간 혼자 실현할 수 없다.

03
자기애

자기애Amor sui 혹은 이기심은 고전주의 시대 모럴리스트들의 주요 관심사였다. 왜냐하면 그런 마음은 타락한 인간에게 절대적 영향을 미치는, 탐욕스러운 것으로 통했기 때문이다. 아담의 과실 이후, 그 원죄에 따른 신의 부재는 인간의 마음속에 유한한 대상들로는 채울 수 없는 무한 공간을 만들어냈다. 자기애가 신에 대한 사랑을 대체했고, "내가 그대들을 사랑했듯이 서로 사랑하라"(요한복음, 13장 34절)라는, 신을 통한 이웃 사랑, 즉 애덕愛德을 대체했다. 애덕이 곤경에 처했고, 이제 세상을 지배하는 것은 자기애, 즉 이웃 사랑이 아니라 피조물에 대한 사랑이다.

자기애 문제는 《팡세》 곳곳에 나타난다. "자기애와 인간 자아의 본질은 자기만 사랑하고 자기만 생각하는 것이다"(743-978). 하지만 이기주의에 빠진 인간은 "자신이 사랑하는 대상이 결점과 비참으로 가득 차 있음"을 모를 수 없다. 번번이 그는 그 자신의 전락으로 되돌아간다.

> "그는 위대해지고 싶어 하지만, 자기가 하찮은 존재임을 보게 된다. 그는 행복해지기를 바라지만, 자신이 비참한 존재임을 보게 된다. 그는 완전해지고 싶어 하지만, 자신이 미완성으로 가득 차 있음을 보게 된다. 그는 사람들의 사랑과 존경의 대상이 되길 바라지만, 자신의 결점들이 그들의 경멸과 멸시를 받아 마땅함을 보게 된다."(앞의 책)

한데 자신의 그런 상태가 잘못된 것임을 깨닫기는커녕, 그런 모습은 그에게 "상상할 수 있는 가장 부당하고도 가장 범죄적인 열정"을 불러일으키며, 그래서 "그는 그를 책망하고 그의 결점들을 깨닫게 해주는 이 진실에 대해 극도의 증오심을 품는다."

파스칼이 사욕私慾이라고도 부르는 자기애는 애덕의 정반대 개념이다. 그것은 피조물에 대한 사랑으로, 신에 대한 사랑과는 무관하다. 파스칼은 성 아우구스티누스의 생각을 따르는데, 성 아우구스티누스가 보기에 그것은 마치 자석에 이끌리듯 대상에게 끌리는 사랑, 욕망과 다를 바 없는 사랑의 의지이다. 신에게 끌리면 애덕을 갖게 되지만, 피조물에 끌리면 사욕을 갖게 된다. 사랑은 영혼을 동원하고 영혼에 힘과 생기를 부여한다, 사랑은 영혼을 그 '본래 장소'로 인도한다. 아우구스티누스는 《고백록Confessions》(13장 9절)에서, "Pondus meum amor meus(나의 무게, 그것은 나의 사랑)"이라고 말했다. 아우구스티누스는 "두 가지 사랑"을 말하지만, 사실 그에게 사랑은 하나뿐이다. 애덕과 사욕은 그 대상(신이냐 피조물이냐)만 다르기 때문이다.

파스칼은 1651년에 아버지가 돌아갔을 때 손위 누이 질베르트와 매형에게 멋진 위로의 편지를 썼다. 그의 작품에서 자기애에 대한 이보다 더 나은 정의를 찾아보기는 어렵다.

"이 두려움을 좀 더 단단히 길들이려면 그 기원을 잘 이해해야 합니다. 그것을 몇 마디 말로 두 분께 설명하려니, 어쩔 수 없이 모든 죄악과 모든 원죄의 기원이 무엇인지 일반적 견지에서 얘기하지 않을 수 없군요. (…) 이 신비를 여는 진실은 신이 두 가지 사랑으로, 즉 신을 향한 사랑과 자기 자신을 향한 사랑이라는 두 가지 사랑으로 인간을 창조했다는 데 있습니다 (…). 그런 상태에서 인간은 자신을 사랑해도 원죄를 짓는 것이 아니었고, 자신을 전혀 사랑하지 않아도 원죄를 짓는 것이 아니었어요. 그러다 원죄를 짓고 나서 인간은 그 둘 중 첫 번째 사랑을 잃어버렸습니다. 그래서 자기 자신을 향한 사랑만 남았고 (…), 이 자기애가 신에 대한 사랑이 떠나버린 그 공허 속에 널리 퍼져 넘쳐흐르게 된 것이지요 (…). 그것이 자기애의 기원입니다. 그것은 아담에게 자연스러운 것이었고, (원죄 이전의) 순결한 상태에서는 정당한 것이었지만, 원죄 이후에는 범죄적이고 무절제한 것이 되어버렸습니다."(Ⅱ, p. 857-858)

원죄 이전의 인간은 순수하게 두 가지 사랑을 알았으나, 원죄 이후에는 사욕에 사로잡혔고, 신에 대한 사랑으로부터 단절되어, 완전히 피조물에 대한 사랑, 자기애에 빠져버렸다(《은총 논고》, Ⅲ, p. 793)

하지만 그렇다고 해서 모든 것을 잃어버린 건 아니

27

다. 타락한 인간도 여전히 capax Dei, 즉 "신이 가능한"(《삼위일체에 대하여》, XIV, 8, 11) 존재, 진리의 길을 되찾을 수 있는 존재다. 종교 개혁에 따라 트리엔트 공의회는 원죄가 자기 안의 신의 이미지를 완전히 지워버리지는 않았으므로 인간의 능력은 신의 은총과 공조할 수 있다는 것을 재확인했다.

파스칼은 먼저 인간을 모욕하고 인간의 자기애를 깎아내리지만, 이는 곧이어 거기에서 빠져나오는 길을 인간에게 가르쳐주기 위해서이다. 우선 종교가 "인간을 잘 알았기에", 다시 말해 인간의 자기애가 인간에게 감추고 있는 그 비참을 잘 알았기에 "존중할 만한" 것임을 보여주고 나아가서는 그것이 "진정한 선을 약속해주기에 사랑할 만한"(46-12) 것임을 보여주고자 한다. 하지만 결국 이는 인간의 자기애를 어느 정도 좋게 보는 결과가 된다.

"바라건대 인간이여, 이제 자신의 가치를 높이 평가하라. 자기를 사랑하라. 왜냐하면 자기 속에 선을 행할 수 있는 본성이 있기 때문이다. 그러나 그것 때문에 자기 속에 있는 비천

한 것들을 사랑하지는 마라. 자기를 경멸하라. 왜냐하면 그 능력은 공허한 것이기 때문이다. 그러나 그것 때문에 그 자연적인 능력을 경멸하지는 마라. 자기를 미워하고, 자기를 사랑하라. 인간은 진리를 알 수 있고 행복할 수 있는 능력을 자기 속에 지니고 있다."(151-119).

이 글은 파스칼 사상의 핵심적 요소인 역逆의 일치의 첫 번째 예이다.

04

"오류와 거짓의 주인"

《팡세》가 밑그림을 그린 '기독교 호교론'은 무신앙인을 위한 치료법을 제공했을 것이다. 파스칼은 신앙 없는 사람을 그의 악으로부터 치유하고 싶어 했다. 그의 자기애라는 병, 그 자신을 제대로 보지 못하도록 속이는 그 환상과 맹목을 치유하고 싶어 했다. 파스칼은 자신의 환자를 뒤흔들고 모욕하고 난폭하게 다룸으로써, 그에게 그의 참된 본성을 보여줌으로써, 악을 악으로 치유했을 것이다.

"그가 스스로 뽐낸다면 나는 그를 낮춘다 / 그가 스스로 낮추면 나는 그를 칭찬한다 / 자신이 이해 불가능한 괴물 같은 존재라는 사실을 / 그가 이해할 때까지 / 계속해서 그의 말에 반대한다."(163-130)

혹은 이렇게도 말한다.

"그러니 오만한 존재여, 그대가 그대 자신에 대해서도 얼마나 역설적인 존재인가를 알아라! 무능한 이성이여 겸손하라! 어리석은 본성이여 입을 다물어라!"(164-131)

그의 의도는 대화상대의 나르시시즘을 파괴하고, 그의 자기 신뢰를 없애버리는 데 있다.

한데 인간의 이 허영심을 도와 인간에게 그 자신의 비참을 숨겨주는 최고의 조력자가 있는데, 그것이 바로 파스칼이 서슴지 않고 "오류와 거짓의 주인"이라고 말하는 능력, 인간의 상상력이다.

"(…) 상상력은 작은 것들에게 들이는 것만큼의 보잘것없는 노력과 시간으로 더없이 위대한 것들을 만들어내는 속성이 있습니다."(II, p. 522)

1647년에 그는 노엘 신부에게 그렇게 적었는데, 이 학자와는 진공의 공포에 대해 논쟁을 벌인 적이 있다.

《팡세》의 '허무' 묶음에 들어 있는 긴 단편 하나는 신 없는 인간, 약하고 무기력한 인간의 비참과 허무를 예시하기 위해서, 여론에 물든 플라톤적 전통이 인간의 여러 재능 중 최하위 재능으로 여기는 상상력을 서술한다.

"이성을 통제하고 지배하기를 좋아하는 이 오만한 힘, 이 이성의 적은 자기가 매사에 얼마나 유능한가를 보여주기 위해서 인간 속에 제2의 본성을 만들어놓았다. 그에겐 그만의 행복한 자들과 불행한 자들, 그만의 건강한 자들과 병든 자들, 그만의 부자들과 가난한 자들이 있다. 그것은 이성을 믿게 하기도 하고, 의심하게 하기도 하고, 부정하게 하기도 한다. 그것은 감각을 마비시키기도 하고, 다시 그 기능을 회복시키기도 한다. 그에겐 그만의 광인이 있고 그만의 현자가 있으며, 상상력이 이성과는 달리 충분히 그리고 완벽하게 제 주인들을 만족시키는 것을 보는 것보다 더 우리를 화나게 하는 일은 없다."(78-44)

상상력은 불균형을 창조한다. 작은 것은 크게 만들

고 큰 것은 작게 만든다.

"상상력은 환상적인 평가로 작은 대상들을 우리의 영혼이 가
득 채워질 정도로까지 크게 확대하고, 또한 신에 관해 이야기
할 때 그러듯 무모한 오만으로 중대한 대상들을 제멋대로 작
아지게 한다."(461-551)

파스칼이 상상력과의 싸움을 시작한 것은 과학자로
서, 아리스토텔레스 이후 "자연은 진공을 증오한다"
고 믿어온 물리학자들의 환상을 반박하고 진공의 존
재를 증명하면서부터였다. 1648년에 파스칼은 《액체
들의 균형에 대한 위대한 실험 이야기Récit de la grande
expérience de l'équilibre des liqueurs》의 '일러두기'에서,
"자연은 진공에 대해 어떤 거부감도 없다"라고 적는다.

"그것[자연]은 진공을 피하려는 어떤 노력도 하지 않는다.
(…) 사람들이 자연의 증오 탓으로 여기는 그 모든 결과는 공
기의 무게와 압력에서 생긴다. (…) 그것이 유일한 진짜 이유
인데도, (…) 그것을 알지 못해서, 사람들은 그 이유를 둘러대

려고 일부러 진공에 대한 그런 가상의 증오를 꾸며 냈다."(II,
p. 688)

파스칼에게 진공이란 유리관 속, 공기의 무게에 의
해, 기압에 의해 균형을 취하는 수은주 위에서 관찰할
수 있는 하나의 사실이다. 또한 그는 데카르트와 정면
대립하는 일도 서슴지 않는다.

"(…) 사람들은 자신이 무능해 진짜 원인을 찾지 못하면, 교
묘하게도 그것을 가상의 것으로 대체하여, 정신이 아니라 귀
를 채우는 특수한 이름으로 표현했다. 자연 물체들의 공감과
반감이 여러 결과의 일의적—義的 동력인이라고 말하는 것은
그래서이다. 마치 무생물도 공감과 반감이 가능하다는 듯이
말이다."(앞의 책)

파스칼은 나중에 기독교 호교론을 쓰는 신학자로 활
동할 때도 결코 과학을 내팽개치지 않는다. 추론하는
대신 상상력에 속는 인간의 허영심에 대한 그의 싸움
은 그가 진공을 탐구할 때부터 시작되었다. 하지만 파

스칼 사상에서 늘 그렇듯이, 언제나 '역逆 진리'(479-576)가 있다. 뒤에서 보게 되겠지만, 상상력은 정치 질서의 설립에 있어 섭리의 작용 같은 역할을 한다.

05

"파스칼 씨의 생애"

파스칼이 죽자, 그의 손위 누이 질베르트 페리에는 곧바로 《파스칼 씨의 생애Vie de Monsieur Pascal》를 집필하여 《팡세》의 서문으로 쓰고자 했다. 이 전기는 포르루아얄 수도원에서 출간한 《팡세》의 1670년 판과 1678년 판에서는 배제되었다가 1686년 판에 실렸다. 그것은 한 천재에 대한 성인전聖人傳이다. "내 동생은 사람들이 말을 붙여보는 나이 때에 이미 재치 있는 적절한 대답이라든가, 특히 모든 이를 놀라게 하는 사물의 본성에 대한 여러 가지 질문으로 아주 비범한 정신력을 나타냈다"(초판, I, p. 571; p. 47).

블레즈 파스칼은 세 살 위인 질베르트나 두 살 아래인 자클린과 마찬가지로 한 번도 학교에 다닌 적이 없다. 블레즈가 세 살 때인 1626년에 어머니가 돌아가시

자, 법률가이자 수학자였던 아버지는 공직에서 물러나 아이들 교육에 전념했다. 그는 1631년에 클레르몽을 떠나 파리에 정착해서는 당대 최고의 학자들과 자주 만나며 그들에게 어린 아들을 소개했다.

가문의 전설에 의하면, 파스칼은 아버지가 그 혼자만 여러 고어古語에 입문시킨 나이 때, 유클리드 기하학을 32번째 명제—삼각형의 내의 합은 두 직각과 같다—까지 혼자서 풀어냈다고 한다. 아마도 아이가 아버지의 서가에 있는 기하학 개론서를 몰래 읽었던 듯한데, 그런 아들의 재능에 아버지는 감탄을 금치 못했다.

신동의 길은 거기에서 멈추지 않았다. 질베르트는 이렇게 뒤를 잇는다. "열여섯 살 때는《원추곡선론Traité des coniques》을 저술했는데, 그것이 너무도 엄청난 정신적 노력을 요구하는 것이어서, 사람들은 아르키메데스 이후 그런 정신적 힘은 한 번도 본 적이 없다고 말하곤 했다"(앞의 책, p. 576; p. 51). 그것이 1640년에 간행된 그의 첫 작품이었다.

"그러는 동안 내내 그는 라틴어를 공부하고, 그리스어도 공부했다. 그 밖에도 아버지는 그에게, 식사 시간을 전후하여, 어느 때는 논리학 얘기를 들려주고 어느 때는 물리학과 여러 분야의 철학 얘기를 들려주었다. 그가 공부라고 한 것은 이것이 전부다. 그는 한 번도 학교에 간 적이 없고, 위의 모든 것은 물론 그밖에 다른 걸 그에게 가르쳐주는 별도의 스승이 있었던 적도 없다"(앞의 책, p. 576; p. 51-52).

나중에 그가 장세니스트[6] 논쟁에 가담했을 때, 소르본 대학교의 박사들은 독학으로 쌓은 그의 교양을 이렇게 비난했다. "파스칼 씨는 성서에 대해 다른 사람들이 가르쳐준 것만 안다. (…) 라틴어도 겨우 조금 아는 정도다. 그는 학자가 아니며, 그저 재주 있는 사람일 뿐이다"(I, p. 894). 그런 비난은 부당했다. 파스칼은 신학을 아주 잘 이해하고 있었기 때문이다.

질베르트는 남동생의 좋지 않았던 건강과 거의 한평생 그를 괴롭혔던 일상적 고통을 상기한다. 파스칼의 짧은 생애에서 매혹적인 점은 어떤 호기심의 대상에서

---

6 네덜란드의 가톨릭 신학자 코르넬리스 얀세니우스Jansenius가 주창한 기독교 교파를 따르는 사람들. 포르루아얄 대상 수도원을 중심으로 은총을 통한 구원을 주장하여, 교리 면에서 예수회와 많이 대립했다.

다른 대상으로 넘어가는 그 빠른 속도다. 그는 동시대 학자들에게 도전 과제를 제기하고 그것을 해결한 후에는 곧바로 그것을 내팽개치고 다른 대상으로 넘어갔다.

역시 전설에 의하면, 그의 생애는 세 시기가 가속된 리듬으로 이어진다. 첫 번째인 과학의 시기는 그의 젊은 시절로서, 1640년에서 1651년 사이이다. 두 번째인 사교계 시기는 1648년에서 1654년 사이이며, 서른 살 이후의 마지막 종교적 시기는 1654년 11월의 그 '불의 밤' 이후부터 죽음을 맞이한 서른아홉 살까지이다.

하지만 이 세 시기는 서로 겹치기도 한다. 파스칼은 계산기의 원조인 계산 기계를 만들어 1642년에서부터 1649년까지 계속 개선해 나갔는데, 과학 못지않게 사교계에도 재능이 있던 그는, 질베르트의 말에 의하면 그 당시 "마치 한평생 사교계 생활을 한 사람처럼 아주 멋들어진 풍채와 품행"(재판, I, p. 612)을 갖추고 있었다. 그는 1651년에 부친이 사망하자 곧바로 포르루아얄 수도원에 들어간 누이 자클린과 헤어졌지만, 1653년에 그녀를 다시 만났다. 또한 그가 유럽의 학자들에게 사이클로이드 문제에 관해 도전장을 날린 것은 《시골 친구에게 보내는 편지》 발표 이후, 즉 종교적 시기에 진입하고도 한참이 지난 1658년의 일이다.

그러므로 질베르트가 파스칼이 스물세 살 때 진공을 실험하고 나서 과학을 그만두었다고 말하는 건 과장인 것 같다. 그녀는 "그것이 그가 정신을 인문과학에 쏟은 마지막 관심사였다"(초판, I, p. 577; p. 53)라고 말하지만, 사실은 그렇지 않다. 파스칼은 1654년에 발표한 《산술 삼각형[7] 논고Traité du triangle arithmétique》에서, 자신이 '우연의 기하학'이라고 부르는 확률 계산법을 창안 내지는 예시했다.

자클린은 1655년 1월 질베르트에게 보낸 편지에서, 파스칼이 1653년 말부터 "사교계의 놀이와 광기에 극도의 혐오감"을 느끼기 시작했다고 털어놓긴 했지만, 그가 친구인 로안네즈 공작과 함께 벌인 일들, 즉 푸아티에의 늪지 건조 사업이라든가 최초의 파리 대중교통 사업으로 이윤이 많이 나는 투자였던 1662년의 마차

---

7 "파스칼의 삼각형"이라고도 한다.

사업 등, 사업가로서의 그의 활동들이 신앙심 때문에 중단되지는 않았다.

역시 질베르트에 의하면, "그는 다른 사람들에게 어떤 애착도 갖지 않았을 뿐 아니라, 다른 사람들이 그에게 애착을 갖는 것 또한 전혀 바라지 않았다"(앞의 책, p. 592; p. 68)고 한다. 하지만 이 신동, 영원한 청춘, 혹은 'puer senex(애늙은이)' 파스칼은 가족이라는 핵을 떠난 적이 없으며, 누이 자클린이 그가 가장 사랑한 사람이었음은 분명하다.

06

"세계의 여왕"

《팡세》에 나오는 또 하나의 수수께끼 같은 단편을 보
자. "그는 네 명의 하인을 거느리고 있다"(53-19). 파스
칼은 잊지 않겠다는 듯, 자기 자신을 위해 그렇게 적고
있다. 네 명의 하인은 곧 '허무' 묶음의 한 예이다. 사람
들이 지체 높은 자신의 신분을 과시하고자 할 때, 하인
을 통해 사람들을 압도하고자 할 때 취하는 명예욕 혹
은 허영심의 한 예시이다. 한데 이 예는 좀 더 뒤에 나
오는 '현상의 이유'[8] 묶음에서 다시 등장한다. 이 '현상
의 이유'는 파스칼이 《팡세》에서 공들여 만든 가장 치
밀한 개념 중 하나다. 집안의 하인 일동을 과시하기 위
해 네 하인을 거느리고 파리 거리를 산책하는 것 같은
일견 자의적이고, 헛되고, 비이성적인 듯이 보이는 관
습이, 곰곰이 생각해보면, 이유가 없지 않은, 나름의 동

기가 있는 하나의 특수현상이 되고, 나름의 정당성을 부여하는 하나의 이유이자 원인이 된다. '현상의 이유'를 발견하기 위해, 세련된 변증론자 파스칼은 언제나 거울을 관통하고자 한다.

"사람들은 수놓은 비단옷을 입고 칠팔 명의 하인을 거느린 이에게 내가 경의를 표하는 걸 바라지 않는데, 이는 실로 가상한 일이다. 하지만 어쩌랴, 내가 그에게 인사를 하지 않으면 그는 나를 채찍으로 때릴 것이다. 그의 옷은 힘이다."(123-89)

파스칼은 먼저 원인과 결과 사이의 불균형 혹은 구멍, non sequitur(논리적 불일치)가 있음을 확인한다. 그 사람은 하인들을 거느리고 있고, 그래서 내가 그에게

---

8 원문은 'la raison des effets'이다. 프랑스어 'effet'는 결과나 효과를 가리키는 말이지만, 이는 《팡세》의 한 '묶음'의 제목이기도 해서, 이 책의 저자가 참조하는 판본(셀리에 판)의 한국어판 《팡세》(서울대학교출판문화원 간) 번역대로 '현상의 이유'로 옮겼다. 프랑스어 'raison'은 일차적으로는 '이성'을, 이차적으로는 '원인·동기·이유' 등을 의미한다. 한데 이 표현 속의 이성은 원인이나 동기와 관계된 이성이 아니라 결과와 관계된 이성, 결과적 이성으로, 일견(즉 첫 단계에서는) 비이성적이고 불합리해 보이지만 뒤집어 생각해보거나 한 단계 더 나아가서 다시 생각해보면 합리적인 것을 가리킨다. 그래서 이 말은 그의 다른 개념 '이면의 사고'와 유사하다.

인사를 하는데, 얼핏 보면 나는 이유 없이 그렇게 하는 것 같다. 하지만 천만의 말씀, 사실 그 하인들의 존재는 무의미하지 않다. 그들은 아무것도 말하지 않는 게 아니라 뭔가를 말하고 있다. 그들은 힘을 나타내며, 그 힘은 존경을 요구한다. 내가 인사를 하지 않는다면, 매를 벌게 될 것이다.

이처럼 파스칼은 하나의 충격적인 예를 통해 일련의 성찰들을 끌어들이는데, 정의와 힘의 관계에 대한 그 성찰들은 오늘날 보기에도 도발적이다. 사실 정의는 힘에 굴복한다. 이상적으로는 정의가 강해야 하지만, 현실적으로는 그 네 명의 하인, 일곱이나 여덟 명의 하인처럼, 힘이 정의로 통하고 힘이 정의 행세를 한다. 이처럼 강한 것이 정의를 대체하고 힘이 정의를 찬탈하는 것은 우선은 세계의 '비참'과 인간의 '허영심'을 나타내는 징표로 제시되어 있다. 하지만 한 단계의 변증법적 진화—나중에 파스칼은 이를 '단계'[9] 혹은 '이면

---

9 원문은 gradation. 어떤 한 단계가 아니라, 여러 등급으로 나뉜 '단계들의 체계'를 가리킨다. 맥락에 따라서는 단계적 변화, 단계적 상승을 뜻하기도 한다. 14편 참조.

파스칼과 함께하는 여름

의 사고'라고 부른다―를 끌어들이는 '현상의 이유'의 발견 덕에, 처음에는 몰상식으로 제시되었던 것이, 좀 더 가까이에서 보고 재고해 보니, 상위 차원 혹은 좀 더 깊은 차원에서, 일종의 제2단계로의 진입 같은 것에 의해 정당화되는 하나의 필연성으로 나타난다. 정의로 운 것이 강할 수가 없다면, 강한 것이 정의롭거나 정의 로 여겨져야 한다. 그래야 사회가 유지된다. 정의를 압 도하는 힘의 권력에 정당성을 부여하는 명분은 그것이 정치와 사회의 질서를 안정시킨다는 데 있다.

"정의로운 것은 추종받아야 마땅하다. 가장 강한 것은 추종 받을 필요가 있다. / 힘이 없는 정의는 무능하다. 정의 없는 힘 은 압제다. / 언제나 악인들이 존재하기에, 힘이 없는 정의는 반박받는다. 정의 없는 힘은 고발당한다. 그러므로 힘과 정 의를 함께 놓아야 하며, 이를 위해서는 정의로운 것을 강하게 만들거나 강한 것을 정의롭게 만들어야 한다. / 정의는 논란 거리가 되기 쉽다. 힘은 인정받기가 아주 쉽고 논란의 여지도 없다. 그래서 사람들은 정의로운 것에 힘을 부여할 수 없었 다. 왜냐하면 힘이 정의를 반박하여, 그것이 정의롭지 않다고 했고, 정의로운 것은 자신이라고 말했기 때문이다. / 이처럼 정의로운 것을 강한 것으로 만들지 못했기에, 사람들은 강한 것을 정의로운 것으로 만들었다."(135-103).

파스칼의 모든 정치사상은 이렇게 요약된다. 아무것도 기존 질서를 정당화하지 못하고, 아무것도 그 변화를 정당화하지 못하면, 내전이 일어날 수 있다. 권력이 정당한 것은 정의로워서가 아니라 설립되었기 때문이다.

"사람들은 정의를 강하게 만들 수 없어 힘을 정당화했다. 의인과 강자가 공존하고, 최고선인 평화가 존재할 수 있게 하기 위함이다."(116-81)

이런 정치 철학은 우리에게 보수적이고 냉소적으로 여겨질 수 있다. 한데 사실 파스칼은 아버지와 두 누이와 함께, 공공질서를 혼란에 빠트린 '프롱드의 난' 때 생명의 위협을 받은 적이 있다. 1649년 5월부터 1650년 11월까지, 에티엔 파스칼과 블레즈와 자클린은 클레르몽으로 피신했다. 《팡세》에서 파스칼은 "힘에 맞서 소위 정의를 내세우는 프롱드의 난의 불의"(119-85)를 단호히 비난한다. 그 후 그는 포르루아얄 수도원과 가까워지면서, 왕의 권위와 절대 왕정에 단 한번도 적대적인 태도를 보이지 않는다. "돌 던지는 기술L'art de fronder"[10], "기존 관습을 뒤흔드는" 기술은 "모든 것을 잃는 확실한 모험"(94-60)이라고 그는 말한다.

---

10 프롱드Fronde란 당시 청소년 사이에 유행한 돌팔매 용구인데, 관헌에게 반항하여 돌을 던진다는 뜻으로 빗대어 쓴 말이다.

07

"설득술에 대하여"

"진정한 웅변은 웅변을 무시한다"(671-513). 사람들
은《팡세》에 수록된 이 말을 누가 한 말인지도 모르면
서 종종 인용하곤 한다. 그것은 당시에 유행하던 생각
이었다. 교양인은 거침없이 행동해야 하는데, 사실 이
negligentia diligens, 혹은 '성실한 소홀함'은 르네상
스 시대 때부터 교양인이 가꿔온 바이기도 하다. 레토
릭의 꽃들, 미사여구美辭麗句는 학교와 인공의 냄새를
풍기지만, 진정한 예술은 자신을 숨긴다. 파스칼은 자
연스러움을 가장한 설득의 모든 수단을 알고 있었다.

《팡세》의 다른 단편 하나가 그의 이론을 명확히 밝
혀준다.

"웅변. / 기분 좋게 해주는 것과 실제적인 것이 필요한데, 기

분 좋게 해주는 것은 그 자체로 진실에서 취한 것이어야 한
다."(547-667)

파스칼은 기분 좋게 해주는 것을 거부하지 않았다.
그가 보기에 호감을 산다는 건 필수적인 요소였다.《시
골 친구에게 보내는 편지》의 놀라운 성공은 이로써 설
명된다. 이 글에서 그는 까다로운 교리와 결의론의 문
제들을 듣는 이의 웃음을 자아내는 사교계의 어조로
논할 수 있는 능력을 보여준다.

사실 파스칼은 그 논쟁에 뛰어들기 훨씬 전부터 기
분 좋게 해주는 동시에 진실하기도 한 웅변의 조건들
에 대해 깊이 성찰하고 있었다. 그는 당시에 이미 '기
하학의 정신'과 '설득술'에 관한 고찰들을 종이에 적어
두었다. 그러니까 그는 문학에서도 과학에서처럼 방법
을 갖추고 있었던 셈이다.

"견해見解라는 것이 두 문門을 통해 영혼 속에 받아들여진다
는 사실을 모르는 이는 없다. 두 문이란 바로 영혼의 주된 두
힘, 분별력과 의지이다. 가장 자연스러운 문은 분별력이다.

왜냐하면 사람들은 오직 입증된 진실에만 동의하기 때문이다. 의지의 문은 자연에 반하기는 하지만 가장 통상적인 문이다. 왜냐하면 사람은 누구나, 거의 항상, 증거에 의해서가 아니라 매력(마음의 동의agrément)에 이끌려 믿게 되기 때문이다."(III, p. 413; p. 131).

파스칼은 논설의 경우 과학과는 달리 분별력에 호소하는 증거만으로는 충분치 않으며, 의지를 움직이는 매력도 필요함을 잘 알고 있다. 한데 그는 영혼의 두 번째 문인 이 의지를 아주 폭넓은 의미로, 말하자면 성 아우구스티누스의 voluntas처럼 이해한다. 그것은 impetus actionis, 즉 "행위를 향한 충동"이다. 그러므로 욕망을 내포한다. 아마도 오늘날의 사람들은 그것이 의지적인 것만이 아니라 비자발적인 충동도 내포한다고 말할 것이다. 하지만 파스칼은 매력은 증거만큼의 가치가 없으며, 따라서 의지는 부득이한 수단이라고 생각한다.

"이 방도는 저열하고, 불미스럽고, 낯설다. 그래서 모든 이가 그것을 좋지 않게 이야기한다. (…) / 그러므로 나는 우리 이해력의 범위 안에 있는 진실들에 대해서만 말한다. 내 말은, 정신과 마음은 그런 진실들이 영혼 속에 받아들여지는 문과 같지만, 정신을 통해 받아들여지는 경우는 거의 없는 반면, 의지의 일시적인 변덕에 의해서는 그런 진실들이, 추론의 조언 없이, 무더기로 받아들여진다는 것이다."(앞의 책, p. 413-414; p. 132-133)

정신과 마음의 새로운 구분이 위의 분별력과 의지의 구분을 뒤잇는다. 의지는 마음처럼 자의적이다. 그것을 동원하는 것은 "모든 사람에게 공통된 어떤 자연적인 욕망, 행복해지고자 하는 욕망 같은 것들이다." 파스칼이 보기에,

"사람은 누구나 행복을 추구한다. 방법은 다를지라도 여기에 예외는 없다. 모두가 이 목표를 지향한다."(181-148)

그래서 우리는 모두 특정 대상들을 갖고 있는데 그것들은,

"우리를 기분 좋게 해주는 힘을 갖고 있어서, 실제는 해로운 것이라 해도 참으로 우리를 행복하게 해주기만 한다면, 의지를 움직이게 할 수 있을 만큼 강력하다."(III, p. 415; p. 133)

그래서 파스칼은 분별력만이 아니라 의지도, 정신만이 아니라 마음도 함께 고려하고자 한다. 의지를 배제할 수단은 없기 때문이다.

"무엇이든 설득하고자 한다면, 설득하고 싶은 사람을 고려해야 한다. 그의 정신과 마음을 알아야 하고, 그가 어떤 원칙에 동의하고, 어떤 것을 좋아하는지 알아야 한다. 그런 다음, 문제가 된 그 일에서, 그것이 그가 동의하는 원칙들과 어떤 관계가 있는지, 혹은 사람들이 인정하는 매력들로 마음을 끄는 대상들과는 또 어떤 관계가 있는지, 등등에 주목해야 한다. 이처럼 설득술에서는 인정하게 하는 기술 못지않게 마음에 들게 하는 기술이 중요하다. 그만큼 사람들은 이성보다 기분에 더 지배당하기 때문이다!"(앞의 책, p. 416; p. 135)

그래서 파스칼은 추론을 마음의 동의와 조화시킨다.

정신에 호소하는 설복의 기술을 의지와 욕망과 쾌락에 호소하는 마음을 끄는 기술과 조합한다.

하지만 그의 '설득술'은 제1원리들, 즉 오직 마음에 의해서만 도달할 수 있는 초자연적인 진실들이 아니라 자연적인 진실들하고만 관계된다.

> "나는 여기서 신성한 진실들 얘기를 하는 것이 아니다. 나는 그런 진실들을 설득술의 대상으로 삼지 않을 것이다. 그것들은 자연보다 무한히 더 높은 곳에 있기 때문이다. 오직 신만이 그것들을 그분 마음에 드는 방식으로 영혼 속에 불어넣을 수 있다."(앞의 책, p. 413; p. 132)

《팡세》에서, 이 구분은 나중에는 마음과 이성의 구분으로 나타난다.

> "우리는 이성에 의해서뿐만 아니라 마음에 의해서도 진리를 인식한다. 우리가 제1원리들을 인식하는 것 역시 바로 마음에 의해서다. 이와 아무 관련이 없는 이성의 추론이 그 원리들을 공격하려고 해보아야 쓸데없는 일이다."(142-110)

관점이 변했다. 이성은 명제들의 연관을 통제하지만, 제1개념들에는 이르지 못한다. 최후의 심판 등과 마찬가지로, 인식의 원리들도 마음의 소관이다.

08

폭정

폭정은 파스칼의 큰 주제다. 파스칼은 '이면의 사고' 덕에, 정의를 무시하고 뜻을 관철하고자 할 때조차 힘과 합법적인 판단을 존중하는데, 왜냐하면 그것이 질서를 보장하기 때문이다. 하지만 폭정에 대해서는 언제나 반기를 든다. 그는 《팡세》에서 폭정을 이렇게 정의한다.

"폭정은 자신의 영역을 벗어나 전방위적 지배욕을 드러내는 것이다."(92-58)

폭정은 부당한 힘이다. 자신의 권한이나 자신의 관할권에 속하지 않는 영역에서도 강제력을 행사하기 때문이다. 따라서 그것은 권력 남용이다. 이렇듯 정치 권력

은 과학·예술·지성·종교 등, 다른 영역에 속하는 것들
에 대해서는 자기 뜻을 강요할 정당성을 갖지 못한다.

"힘센 자들, 아름다운 자들, 지혜로운 자들, 경건한 자들 등,
여러 방이 있다. 그들은 다른 곳에서가 아니라 자기들 방에서
지배하지만, 이따금 서로 마주치기도 한다. 힘센 자와 아름다
운 자가 어리석게도 상대방의 지배자가 되려고 다툰다. 왜냐
하면 그들의 지배권에는 여러 종류가 있기 때문이다. 그들은
서로 이해하지 못한다. 그들의 오류는 어디에서나 군림하려고
하는 데에 있다. 그럴 수 있는 것은 아무것도 없다. 힘조차도
그럴 수가 없다. 힘은 학자들의 세계에서는 아무런 쓸모가 없
다. 그것은 단지 외적인 행동들의 지배자일 뿐이다."(앞의 책)

힘과 아름다움의 싸움이나, 아니면 힘과 과학, 힘과
종교의 싸움 같은 건 일어날 일이 없다. 자기 고유의
영역에서 벗어나서, "어디에서나 지배하고자" 하는 체
제는 전제적이다.

파스칼에게 폭정이란 다른 무엇보다 교황의 폭정이
었다. 교황은 얀세니우스의 교리가 1653년 5월 31일

교황의 교서 '쿰 오카시오네Cum occasione'[11]에 의해 유죄판결을 받은 다섯 가지 명제에 든다는 사실을 포르루아얄 수도원이 공개적으로 인정해줄 것을 원했다(여기서 우리는 장세니스트들이 오랫동안 교황권에 대립했던 그 복잡한 분쟁 안으로 들어간다). 파스칼은 《시골 친구에게 보내는 편지》의 열일곱 번째 편지에서 이렇게 적는다.

"그렇다면 얀세니우스에게 효능 은총 외에 또 다른 의미는 없다는 것을 잘 아는 박사들이 아무 설명 없이 얀세니우스의 원리를 단죄하는 일에 동의하는 게 어떻게 가능할 수 있을까요? 그들이 가진 믿음—아무도 그들을 이 믿음에서 떠나게 할 수 없지요—안에서는, 그건 곧 효능 은총을 단죄하는 것입니다. 죄가 없는데 단죄할 수는 없을 테니 말입니다. 그러니 참으로 이상한 폭정이 그들을 이 불행한 처지에 몰아넣는 것이 아닐까요? 그들이 양심에 반해 이 단죄에 서명하면 하느님 앞에 죄를 짓는 것이 되고, 서명을 거부하면 이단으로 취급되니 말입니다."(p. 590)

---

11 1653년 5월 31일 교황 인노첸시오 10세가 얀세니즘의 교설 5개 조항을 단죄한 교황 헌장.

장세니스트들의 주장이 소르본 대학교 신학부의 공격을 받은 것은 1649년의 일이다. 은총에 관한 얀세니우스의 저술 《아우구스티누스Augustinus》에서 뽑았다는 그 명제들은 처음에는 7개였다가 5개로 줄었다. 당시의 상황을 간단히 살펴보면, 장세니스트들은 기독교 신자는 효능 은총의 개입 없이는 구원받을 수 없다고 주장했으나, 제수이트들은 말 그대로 충분 은총으로 충분하다고 주장하고 있었다. 포르루아얄 수도원은 그 명제들을 이단으로 비난하는 건 수용했으나, 그것들이 얀세니우스의 저술 속에 있다는 사실은 부정했다. 로마 교황청은 교서를 내려, 그 5개 명제가 얀세니우스의 것이라고 판결했다. 포르루아얄 수도원은 법과 사실의 구분[12] 뒤에 숨어 있다가 절망에 빠진 것이다.

파스칼은 《광세》의 '비참' 묶음에서 폭정을 서술할 때 다시 한번 교황의 권한 남용을 생각한다.

"폭정은 다른 방법을 통해서만 얻을 수 있는 것을 어떤 한 가

---

12 5개 명제를 이단으로 인정한 교황의 결정 자체(법)에는 순종하지만, 그 명제가 아우구스티누스 속에 있다는 것(사실)은 인정하지 않는다는 것.

지 방법을 통해서 얻으려고 하는 것이다. (…) 따라서, 다음과 같은 논설들은 틀린 것이며 전제적이다. '나는 아름답다. 그러므로 나를 무서워해야 한다. 나는 힘이 세다. 그러므로 나를 사랑해야 한다. 나는….' 그리고 다음과 같이 말하는 것 역시 잘못이고 전제적이다. '그는 힘이 세지 않다. 그러므로 나는 그를 존경하지 않겠다. 그는 솜씨가 좋지 않다. 그러므로 나는 그를 무서워하지 않겠다.'"(91-58)

그는 프롱드의 난의 폭정을 재론하는데, 이 역시 영역을 혼동한 것이었다.

파스칼은 교리에 대한 교황의 권위에 폭정이 작용한다고 보지만, 영역을 지키는 절대 왕정에 대해서는 폭정을 탓하지 않는다. 폭정, 그것은 사람들이 아직 표현의 자유나 사상의 자유라고 부르지 않고 있던 것에 대한 침해이며, 폭정에 대한 파스칼의 투쟁은 현대의 관용 개념을 예고한다. 이것이 말해주는 바는, 포르루아얄 수도원의 수도사들을 포함해서 일부 가톨릭 신자들이 보기에, 파스칼은 비록 자유사상가들을 개종시키려 하기는 했으나 반종교적인 활동을 했다는 것이다. 싫

든 좋든, 종교에 맞서 양심의 자유를 촉구한 이들 편에
섰으니 말이다.

09
결의론

파스칼은 결의론자決疑論者들과 오랫동안 거친 싸움을 벌였는데, 이는《시골 친구에게 보내는 편지》뿐만 아니라《팡세》에도 나타난다.《팡세》에서 우리는 이런 글을 읽을 수 있다. "성서 속의 기독교와 결의론자들의 기독교는 서로 많이 다르다"(276-243). 달리 말하면, 결의론자들이 복음서의 종교를 타락시킨다는 얘기다.

한데 결의론자들은 어떤 사람들인가? 그들은 신학자들, 특히 제수이트들로서, 양심의 문제, 도덕의 문제를 분석하고 해결하는 사람들이다.《시골 친구에게 보내는 편지》에서 파스칼은 그들의 방임주의에 맞선다. 그들은 특정 조건 아래 거의 모든 것을 허용하기 때문이다. 그들은 교회가 법으로 규지한 일들을 교묘하게 뒤집는다.

《시골 친구에게 보내는 편지》를 위한 메모로,《팡세》에 수록된 단편을 보자.

"결의론자들은 인간의 본성 속에 있는 타락한 모든 것이 인간의 행실에 관여하도록, 결정권을 타락한 이성에 맡기고 선택권을 타락한 의지에 맡긴다."(498-601)

《시골 친구에게 보내는 편지》에서 파스칼은 결의론자들이 모든 범죄를 허용한 사실을 제시함으로써 그들을 웃음거리로 만든다. 예컨대 왕의 칙령은 결투를 금지하는데, 이는 신의 계명도 마찬가지다. 하지만 언제나 결의론자들이 있다. 가장 유명한 스페인의 제수이트 몰리나라든가, 후르타도, 에스코바르, 산체스, 레시우스 같은 결의론자들은 "싸울 의도"가 없다면 결투도 허용된다고 말한다.

"'들판에 나가, 산책하며 어떤 사람을 기다리다가, 누군가가 자신을 공격할 때 방어하는 것을 어떻게 악한 행위라 할 수 있겠는가?'"(《시골 친구에게 보내는 편지》의 〈일곱 번째 편지〉, p.

이처럼 결투도 고의가 아니라 우연한 만남에 의한 것이라면, 의중을 드러내지 않은 덕에 허용이 된다. 파스칼이 보기에 이는 술책이요 말장난일 뿐이다.

결의론자들에 대한 그의 비난은 격렬하다. 파스칼은 상식의 기준에서 터무니없는 견해들을 옹호하는 결의론자들의 주장을 아주 많이 인용한다. 예컨대 그들은 정황에 따라서는 살인을 용인하기도 하고, 고리대금업에 대해 "당연히 갚아야 할 빚으로"가 아니라 "사의謝儀의 표명으로 요구하는 거라면, (⋯) 그것은 돈을 빌려 간 사람들에게서 이익을 취하는 게 아니다"(《시골 친구에게 보내는 편지》의 〈여덟 번째 편지〉, p. 389)라고 말하거나, 또 돈을 주고 성직을 얻는 성직매매에 대해, "성직록의 값으로 돈을 낸다면 그것은 명백한 성직매매지만, 성직을 주게끔 성직록 수여자의 의지를 이끄는 동기로서 돈을 주는 거라면, 비록 성직록 수여자가 돈을 중요한 목적으로 간주하고 기대한다 해도 그것은 성직매매가 아니다"라고 말한다거나(《시골 친구에게 보내는 편지》의 〈여섯 번째 편지〉, p. 356), 혹은 복수에 대해서, "따귀를 맞은 사람은 복수하려는 의도는 가질 수 없지만, 치욕을 피하려는 의도, 그리고 이를 위해 즉각적으로, 심지어 칼로, 그 모욕을 거부하려는 의도는 가질 수 있다"(《시골 친구에게 보내는 편지》의 〈일곱 번째 편지〉, p. 369)라고 말한다. 결의론자들은 남색男色이라든가(《시골 친구에게 보내는 편지》의 〈여섯 번째 편지〉, p. 350-351), 간교하게도 큰 죄를 범한 상태에서 미사를 거행하는 신부들을 정당화하기도 했다(604-722).

파스칼은, "따귀를 맞은 사람은 복수하기 위해서가 아니라 자신의 명예를 회복하기 위해서라면 즉시 적을 쫓아가 칼을 휘둘러도 된다"(《시골 친구에게 보내는 편지》의 〈열세 번째 편지〉, p. 482)라고 한다거나, "따귀에 대한 앙갚음으로 살인도 할 수 있다"(《시골 친구에게 보내는 편지》의 〈열네 번째 편지〉, p. 495)라고 말하는 결의론자들의 주장을 장황하게 열거하면서 이렇게 이의를 제기한다. "성 아우구스티누스에 따르면, '권한 없이 범죄자를 죽이는 자는, 하느님이 그에게 주지 않은 권한을 남용하는 이 중대 사유로 인해 그 자신이 죄인이 되는' 것입니다.

반대로 그런 권한을 가진 재판관이라 해도, 그들이 따라야 할 법을 어기고 무고한 자를 죽이면 살인자가 되는 것이지요"(앞의 책, p. 502). 이런 글들에서 우리는, 사회의 문명화 과정이 합법적인 폭력의 국가 독점 체제에 의한 것이라는 막스 베버의 주장이 나오기 훨씬 전에, 설립된 권력 기관과 합법적인 힘을 존중하는 파스칼의 태도를 다시 보게 된다.

> "그러니 몰리나, 레기날두스, 필리우티스, 에스코바르, 레시우스, 그리고 다른 이들이 하듯이, '우리를 때리러 온 사람을 죽이는 것이 허용된다'고 말할 권리를 누가 여러분에게 주었단 말입니까? (⋯) 단지 각 개인에 불과한 여러분이 무슨 권한으로 개인들에게 그리고 심지어 수도사들에게까지 이런 살인의 권한을 부여한단 말입니까?"(앞의 책, p. 504)

파스칼이 결의론의 타당성을 전적으로 부인한다고 너무 성급하게 결론짓지는 말자. 그가 반대하는 것은 결투나 복수, 성지매매, 낙색 등에 관한 어떤 신학자의 그럴듯한 견해가 있다면, 개연성의 이름으로 그것을

따르는 것을 허용하는 그들의 방임주의다. 다른 견해
들, 예컨대 성 아우구스티누스의 견해가 더 그럴듯한
데도 말이다. "개연성. 그들에게도 어떤 참된 원칙들이
있지만, 그들은 그것을 남용한다"(451-906).

10

아버지

파스칼의 어머니에 대해서는 알려진 바가 거의 없다. 어머니는 그가 세 살 때 돌아가셨다. 하지만 아버지는 곳곳에 모습을 나타내는, 막강한 힘을 가진 중요한 인물이었다. 파스칼은 권위를 존중했고, 그 시작은 아버지의 권위였지만, 분명 그런 아버지의 아들이 되기는 쉽지 않았다.

에티엔 파스칼(1588-1651)은 법률가에 행정가였고, 수학자이자 음악가였다. 아마 그는 파리에서 법을 공부하던 학생 때 변호사 앙투안 아르노(1560-1619)와 자주 만났을 것이다. 아르노는 포르루아얄 수도원 일족의 아버지였다. 국가 고문이자 포르루아얄 수도원의 은자隱者였던 로베르 아르노 당딜리(1589-1674), 카트린 아르노(1590-1651), 포르루아얄 수도원을 개혁한 앙젤리크 수녀(1591~1661), 앙젤리크 수녀의 뒤를 이어 포르루아얄 수도원의 수녀원장이 된 아녜스 수녀(1593~1671), 앙제의 주교 앙리 아르노(1597~1692), 그리고 위대한 아르노인 장세니즘의 이론가 앙투안 아르노(1612~1694) 등이 모두 그의 후손이다. 최초의 포르루아얄 수도원 은자 앙투안 르메스트르, 성경 번역자 루이-이삭 르메스트르 드 사시가 카트린 아르노의 아들들이라는 사실도 잊지 말자.

1646년에 장세니즘으로 개종하게 되는 파스칼 일가는 아르노 일가와 같은 환경에 속했다. 법복 귀족으로한때 종교 개혁에 심취했으나, 아주 엄격한 도덕과 준엄한 가톨릭을 신봉했다. 에티엔 파스칼은 아들이 태어난 1623년에 클레르몽 재정지원 재판소 판사였으며, 그 후에는 몽페랑 재정지원 재판소 부소장이 되었다. 43세 때인 1631년, 그는 직에서 물러나 최고의 학자들과 가까이 지내며 자녀들을 교육하고자 파리로 갔다. 그러다 1638년 자신의 연금 금리를 인하한 데 대해파리 시청에 항의한 일로 피신하여 숨어지내는 신세가 되었으나, 리슐리외 추기경의 호감을 산 딸 자클린의 시적 재능 덕택에 일가는 사면을 받아 구제된다. 그 후 추기경을 위해 일하다가, 1640년에는 새로 정복한 부유한 도시 루앙에서 인두세를 징수하는 왕 직속 경리관이 되었다. 이 일에서 그는 탁월한 역량을 발휘했는데, 아들을 부추겨 계산 기계를 발명하게 한 것이 이 시기의 일이다. 이처럼 에티엔 파스칼은 법원 부속 관리에서 시작하여 관직 보유자가 되었고, 그 직을 팔고 나서는 왕의 권한을 위임받은 지방관이 되었다.

질베르트의 말에 따르면 그는 '외아들'에게 '큰 애정'을 품고 있으면서도《《파스칼 씨의 생애》, I, p. 571; p. 47) 전제적이고 소유욕이 강한 사람이었고, 청렴했지만 딱딱하고 완고한 법관이었고, 지식과 권력을 겸비한 인물로 회계와 재정에 탁월한 재능이 있었으나 공정하고 성실했으며, 자녀들의 유일한 스승이었다.

그가 죽는 날까지 군림하듯 다스린 세 자녀는 하나같이 비범했다. 장녀 질베르트는 1641년에 에티엔 파스칼의 사촌 플로랭 페리에와 결혼했다. 페리에는 에티엔이 자신의 인두세 징수 업무를 보좌시킬 요량으로 루앙으로 부른 사촌으로, 질베르트와 결혼한 후 1642

년에 클레르몽-페랑으로 돌아갔다.

이 아버지가 1646년 루앙에서 낙상 사고로 몸을 움직일 수 없게 되자, 이 일을 계기로 파스칼 일가는 포르루아얄 수도원의 신앙심 깊은 사람들을 알게 되었고, 아들이 먼저, 그다음엔 아버지, 그리고 막내딸 등 가족 모두가 장세니즘에 귀의했다. 하지만 장세니즘으로 개종했다고 해서 세속을 거부한다거나 왕권과 대립각을 세운 건 아니었다. 에티엔 파스칼은 의회 폭동[프롱드의 난]으로 경리관 체제가 폐지된 1648년까지 계속 지방관으로 일했다. 반란의 무리에 공감하지 않았던 그들은 왕권의 편에 섰고, 파스칼의 친구인 로안네즈 공작과 마찬가지로 왕권의 정당성을 옹호했다.

시에 뛰어난 재능을 보인 막내딸 자클린은 곧 포르루아얄 수녀원에 들어가고 싶다는 소망을 밝혔다. 언니 질베르트에 의하면, 거기에서 "이성적으로 수녀 생활"(《자클린 파스칼 씨의 생애》, I, p. 664)을 할 수 있을 거라고 말했다고 한다. 에티엔 파스칼은 자식들에게 배신감을 느꼈다. 질베르트는 이렇게 적는다. "아버지는 남동생에 대해서도 불평했다. 동생이 그 계획을 아버지가 좋아하실지 알아보지도 않고 모의했다는 게 이유였다. 그런 생각으로 남동생과 여동생에게 기분이 상해더는 그들을 신뢰하지 않았다"(앞의 책, p. 665). 그는 딸을 결혼시키려는 생각도 포기했지만, 자신이 죽는 날까지 딸이 소명을 따르는 것도 거부했다. 그러다 아버지가 돌아가신 뒤인 1651년에는 파스칼이 누이가 포르루아얄 수녀원으로 떠나는 걸 반대하고 나섰다. 그러자 질베르트와 자클린은 파스칼 몰래 공모를 했다(앞의 책, p. 671).

파스칼 일족은 일반적인 틀에서 벗어난 사람들이었다. 아버지는 다정하면서도 강압적이었고, 그 아들은 질베르트가 전하는 생테티엔 뒤 몽의 어느 사제의 말—파스칼의 병상을 마지막까지 지킨 그 사제는 "그는 어린애야"라는 말을 되풀이했다고 한다—에 따르면 "참을성이 없었으며"(《파스칼 씨의 생애》, 초판, p. 596; p. 73), 막내딸은 성격이 드셌고, 장녀는 그런 그들을 모두 겪어보고서 그들에 대한 기억을 완벽한 언어로 정확하게 기록했다.

블레즈 파스칼이 영원한 어린아이였는지는 모르겠

으나, 아버지가 돌아가셨을 때 그가 누이 질베르트와 매형 앞으로 보낸 위로의 편지는 아직 사교계 생활을 하고 있던 시기임에도 불구하고 그가 아우구스티누스의 신학에 얼마나 원숙해져 있는지를 잘 알게 해준다.

파스칼과 함께하는 여름

11

"나는 사람들이 코페르니쿠스의 견해를 깊이 파고들지 않는 것이 좋을 거라고 생각한다"

파스칼은 학자들 틈에서 성장했다. 아주 어렸을 때부터 아버지를 따라 메르센 신부의 아카데미 학술 모임에 드나들었다. 이 학술 살롱에서 로베르발, 데카르트, 가상디 등을 만났다. 그리고 아주 일찍부터 페르마[13]와 서신을 주고받았다.

당시 과학의 역사는 중대한 시기에 직면해 있었다. 실험적인 방식이 아리스토텔레스의 스콜라적 형식주의에 의문을 던지고 있었다. 예를 들면 진공에 대한 공포가 그랬다. 중력은 뉴턴의 법칙으로 설명되기 전까지 온갖 호기심의 대상이었다. 코페르니쿠스는 태양을 우주의 중심에 두고서 행성들이 태양 주위를 돌면서

---

13 Pierre de Fermat(1601~1665). 17세기 프랑스의 수학자. 근대의 정수 이론 및 확률론의 창시자로 알려져 있다.

자전한다는 가설을 세웠다. 케플러는 행성들의 궤도가 원이 아니라 타원이라는 의견을 제시했다. 그리고 갈릴레오는 물체의 낙하 속도가 질량과는 무관하다는 새로운 물리학 제1의 수학적 법칙을 표명했다.

파스칼은 세계관이 뒤집힌 바로 그 시기에 살았다. 성경과 아리스토텔레스의 세계상과 단절하고서, 알렉상드르 쿠아레가 말했듯이, "닫힌 세계에서 무한한 우주로", 즉 고대와 중세 사람들의 닫힌 세계에서 근대인들의 무한한 우주로 나아가게 한 과학 혁명을 그는 직접 목격했다.

사람들의 당연한 공포가 잇달았고, 《팡세》에서 파스칼은 자유사상가를 겁주기 위해 그것을 부풀려서 서술한다. 하지만 그는 무엇보다 코페르니쿠스, 케플러, 갈릴레이 등의 이론이 쏟아지면서 과학과 신앙 사이에 고조된 몰이해에 예민했다. 그가 보기에 1633년에 갈릴레이를 단죄한 것은 교황의 폭정을 나타내는 주된 행위 중 하나였다. 물론 그 단죄에는 제수이트들도 공헌한 바가 있을 것이다. 그것은 그가 《시골 친구에게 보내는 편지》로 그들의 질서에 맞서 벌인 논쟁의 한 모티브가 된다.

"여러분이 갈릴레이에 대한 로마의 칙령, 지구의 회전에 관한 그의 의견을 단죄한 칙령을 입수한 것도 부질없는 일이었습니다. 지구가 움직이지 않는다는 것을 그렇게 증명하지는 못할 겁니다. 회전하는 것이 지구라는 걸 증명할 확실한 관찰 자료가 있다면, 아무도 지구가 도는 걸 막지 못할 것이고, 또한 우리가 지구와 함께 도는 것 역시 막지 못할 것입니다."(《시골 친구에게 보내는 편지》 중 〈열여덟 번째 편지〉, p. 616-617)

위 단락은 갈릴레이가 자신의 주장을 포기하고 나서 한 말이라고 알려진 그 진위가 불분명한 문구, E pur si muove!, 즉 "그래도 지구는 돈다!"를 연상시킨다. 이에 대해 파스칼은 신중한 태도를 보인다. 그는 갈릴레이의 이론을 하나의 '견해'로, 즉 하나의 가설로 제시할 뿐 확실한 사실로 제시하지 않는다. 파스칼은 실험주의자이며, 그에게는 관찰 결과, 즉 갈릴레이의 이론의 진실성을 증명할 증거가 없다. 그래서 그는 지구가 태양 주위를 돈다고 말하지 않고 신중한 조건법에 기

댄다. 실험으로 지구가 돈다는 사실이 증명되면, 종교
재판소의 선고가 지구의 회전을 막지 못한다는 것이
다. 하지만 파스칼이 1650년대에 자주 접했던 파리의
과학계에서 이 문제를 의문시할 여지는 별로 없었다.

그의 신중한 태도는 과학적 엄격함 때문만이 아니
라, 학자들에게 그들 학문의 공허함을 상기시켜주려는
의도도 한몫했다고 할 수 있다. 《팡세》의 다음 단편은
그런 뜻으로 이해할 수 있다.

"나는 사람들이 코페르니쿠스의 견해를 깊이 파고들지 않는
것이 좋을 거라고 생각한다."(196-164)

과학적 탐구는 사냥이나 게임 같은 오락이다. 본질
적인 것, 즉 초자연적 진실의 추구에서 벗어나는 것이
기 때문이다. 위에 인용한 《팡세》의 단편 바로 앞 단편
에서 파스칼은 자유사상가를, 자신의 사형 판결이 내
려졌는지 알아보고 그것을 철회시킬 시간이 한 시간밖
에 안 남았는데도 그 시간을 '카드놀이'에 쓰는 수감자
에 비유한다(195-163).

《팡세》에 실린 긴 단편 "오락"에서 파스칼은 사람들이 자신의 조건을 생각하지 않기 위해 만들어내는 '다양한 소동'을 열거하는데, 그런 이들 중에는 "사람들이 지금까지 발견하지 못한 수학 문제를 해결했다는 사실을 학자들에게 보여주기 위해 서재에서 진땀 빼는"(168-136) 이들도 등장한다. 그것은 바로 파스칼 자신이, 개종한 지 여러 해가 지난 뒤, 사이클로이드에 관해 탐구할 때 한 일이기도 하다.

수학도 오락이고, 다른 것, 시도 하나의 오락이다. 그의 누이 자클린은 시에 대단한 '재능'이 있었지만, 포르루아얄 수녀원은 그녀가 그것을 자랑스럽게 여기지 않을까 하여 그 재능을 '묻어버리도록' 요구했다(《자클린 파스칼 씨의 생애》, I, p. 668).

파스칼이 프톨레마이오스 체제와 코페르니쿠스 체제 중에서 하나를 선택하지 않은 것은 소심해서(결정할 증거가 부족해서)가 아니라 겸손해서였다. '인간의 불균형'에 관한 유명한 단편(230-199)에서 말하듯이, 그의 눈에 우주는 의심할 바 없이 무한하기에, 심지어 이중으로 무한하기에 말이다. 이 이중 무한의 시선에서 보면, 세계의 중심에 대한 논란—지구냐 태양이냐—은 모든 타당성을 잃어버린다. 세계가 무한하다면, 둘레는 어디에도 없고 중심은 어디에나 있기 때문이다.

"눈에 보이는 이 모든 세계는 자연의 너른 품속 눈에 띄지 않는 한 가닥 선에 불과하다. 어떤 관념도 거기[자연의 너른 품속]에 미치지 못한다. 아무리 우리가 상상할 수 있는 공간들 저 너머로 우리의 생각을 부풀려 보아도 실상에 비하면 고작 원자들을 낳는 것일 뿐이다. 이것은 중심은 어디에나 있고 둘레는 어디에도 없는 무한 우주다."(230-199)

파스칼과 함께하는 여름

12

파스칼과 마르크스주의자들

마르크스주의자들은 언제나 파스칼을 존경했다. 그들은 그의 정치적 냉소주의, 공격적 스타일, 뛰어난 변증 능력, 도덕적 엄격성, 정제된 신앙을 좋아한다. 그래서 계급의 적들과 싸우는 활동가들에게 훈련용으로《시골 친구에게 보내는 편지》를 읽혔다.

　에릭 로메르의 영화 〈모드 집에서의 하룻밤〉에서, 장 루이 트렝티냥이 클레르몽-페랑에서 재회하는 젊은 시절 친구는 앙투안 비테즈가 연기한 마르크스주의자 철학 교수다. 두 사람은 어느 카페에서 파스칼의 '내기'에 관해 장시간 토론한다. 비테즈는 신의 존재에 대한 내기를 역사의 의미에 대한 내기로 대체하여 파스칼의 논증을 옹호한다. 역사는 무의미한가 아니면 어떤 의미를 갖는가, 이 두 가설 중에서 하나를 선택해야 한다면, 비록 무의미할 가능성이 90퍼센트이고 유의미할 가능성은 겨우 10퍼센트라 할지라도 세상이 좀 더 나아지는 쪽으로 거는 게 합리적이다. 세상을 바꾸기 위한 모든 정치적 참여는 파스칼의 내기 같은 것을 바탕으로 하지만, 파스칼은 그의 아버지처럼 정치적으로 대단히 신중한 태도를 보였다.

파스칼에 대한 마르크스주의적 해석 중 완성도가 가장 높은 것은 뤼시앙 골드만Lucien Goldmann이 1955년에 출간한 《숨은 신Le Dieu caché》이다. 장세니즘과 파스칼과 라신을 다룬 이 책에서 골드만은 장세니즘을 소위 "세계의 현세적 거부refus intramondain du monde"라는 말로 규정하고서[14], 그것을 하나의 사회 계급, 법관들의 계급, 즉 절대 왕정과 국가 중심주의의 강력한 득세에 따라 지위가 실추된 하급 법복 귀족 집단과 동일시한다. 이제 세습 직책을 가진 옛 관리들은 왕권의 대

---

14 지상의 모든 가치의 공허를 발견하고 은거와 고독 속에서 구원을 추구하는 파스칼의 태도를 가리키는 표현이다. 뤼시앙 골드만은, 가치 실현을 위한 지상에서의 시도를 전적으로 배제하고 두려움과 떨림 속에서 신을 추구하는 것을 유일한 희망으로 삼은 장세니스트들을 권력에서 소외되었으되 '숨은' 권력에 매달리는 법복 귀족의 역설적 상황과 동일시했다.

파스칼과 함께하는 여름

리인들, 왕권을 위임받은 관리들과 경쟁하게 된다. 왕권은 의회와 옛 관리들을 제물로 하여 권력을 강화함으로써 파스칼 일가와 아르노 일가가 속한 계급인 법관 계급의 노기와 적대감을 유발한다.

지위가 실추된 이 명사들은 포르루아얄 수도원의 은자들처럼 장세니즘 안으로 피신한다. 의회 세계와 포르루아얄 수도원의 관계가 사실로 확인되고 그 관계가 프랑스 혁명까지 유지된다는 점에서, 훗날 18세기의 장세니스트들은 구체제舊體制[15]의 몰락을 위해 활동했다는 비난을 받게 된다. 사실 포르루아얄 수도원은 절대 왕정에 맞서는 대립의 핵을 형성했으나, 관직의 취득은 구체제 하에서 계속 사회적 신분 상승의 방도로 남아 있었다. 왕권의 대리자를 옛 관리로 충원하는 일도 종종 있었다. 파리로 은퇴하기 위해 클레르몽 재정지원 재판소의 판사직을 팔았던 에티엔 파스칼도 그 몇 년 후에 루앙시의 왕 직속 관리가 되었으며, 그가 장세

---

15 프랑스어 '앙시앙 레짐Ancien Régime'은 '옛 제도'를 의미하는 말이나, 일반적으로는 프랑스 혁명 전의 '구체제'라는 특정 개념으로 쓰인다. 프랑스에서는 앙리 4세로부터 루이 16세에 이르는 17~18세기의 부르봉 왕가가 이 체제를 유지했다.

니즘으로 개종한 것 역시 지방관으로서 본인의 직책을 열심히 수행하는 데 전혀 문제가 되지 않았다.

또한 파스칼 일가의 장세니즘은 그들을 세상으로부터 물러나도록 자극하지도 않았다. 그들이 세습 재산에 대해 신경을 썼다는 사실은 클레르몽과 파리시 소재 재산에 관한 많은 공증증서로 확인이 된다. 파스칼 역시 아버지가 돌아가신 후에도 오랫동안 결혼을 하고 관직을 구할 생각을 품고 있었지만, 그 계획은 보잘것 없는 재산과 하찮은 수입 때문에 미뤄지다가 결국 취소되고 말았다. 더욱이 그는 포르루아얄 수도원의 은자들과 합류한다는 생각은 전혀 하지 않았다.

뤼시앙 골드만은 《시골 친구에게 보내는 편지》가 발표되던 당시 장세니스트들의 희망의 잔재와, 《팡세》에 나타나는 세계에 대한 비극적 거부 사이에, 다시 말해 제수이트들에 대한 투쟁과 기독교 호교론 사이에 단절이 있다고 보았다. 파스칼이 신앙심에 틀어박힌 것은 장세니즘에 대한 골드만의 정치적이고 사회적인 분석을 확인해주는 것이 맞다. 그렇긴 하나 《팡세》의 단편 대부분은 1656년 여름과 1657년 여름 사이에 쓰인 그

'짧은 편지들'과 같은 시기에 씌었다. 같은 시기에 작성된 이 팸플릿과 호교론은 서로 분리되지 않는다. 《시골 친구에게 보내는 편지》에서 제수이트들의 결의론을 반박한 것이 《팡세》의 인류학의 근간이 되었다. 그 논쟁이 회의주의에 관한 성찰을 끌어들였고, 1658년의 계획[16]에서 바로 이 회의주의가 《팡세》의 출발점이 된다. 제수이트들의 결의론은 회의주의이기 때문이다. 그 관계는 아래 단편에 분명하게 나타나 있다.

"이곳에 있는 개개의 사물들은 부분적으로는 참이고 부분적으로는 거짓이다. 본질적인 진리는 전혀 그렇지 않으며, 완전히 순수하고 완전히 진실하다. 혼합이 그런 진리를 더럽히고 무력화시킨다. 그 무엇도 순수하게 진실하지 않으며, 순수한 진실이라고 알고 있는 것 중에 진실한 건 아무것도 없다. 사람들은 살인이 악이라는 것에 대해서는 참이라고 말할 것이다. 그렇다, 사실 우리는 악과 거짓을 잘 알고 있다. 그러나 무엇이 선한 것이라고 말할 것인가? 순결인가? 나는 아니라

---

16 팡세 제2사본은 I. '1658년 6월의 계획', II. '1658년 6월에 제외된 단편들' 등, 총 5개 부로 구성되어 있다.

고 말한다. 세상의 종말을 맞이할지도 모르기 때문이다. 결혼인가? 아니다, 정조가 더 가치가 있다. 절대 죽이지 않는 것이 선인가? 아니다, 왜냐하면 무질서는 끔찍한 일이 될 수 있다. 악인들이 착한 사람들을 모두 죽이게 될 수도 있다. 죽이는 것이 선인가? 아니다, 왜냐하면 그것은 자연을 파괴한다. 우리는 진리도 선도 부분적으로만, 게다가 악과 거짓이 혼합된 것만 소유할 뿐이다."(450-095)

여기서 우리는 몽테뉴가 많은 모순을 마음 가는 대로 나열하는 〈레이몽 스봉의 변론Apologie de Raymond Sebond〉을 다시 읽는 것만 같다. 하지만 설령《시골 친구에게 보내는 편지》에서 마주친 회의주의가《팡세》의 대전제라 할지라도, 파스칼은 진리에 대한 탐구를 포기하지 않으며 비극적 절망 속에 웅크리지도 않는다.《팡세》는 신 없는 인간의 비참을 확인하고 '숨은 신'을 긍정하는바, 이는 그가 논쟁에서 찾아낸 본질적인 두 주제로서, 이 두 주제가 인류학과 신학을 엮어 호교론의 단일성을 이룬다.

사실 옛 관리들과 왕권 대리자들 간의 계급 투쟁과

파스칼과 함께하는 여름

는 너무나 거리가 먼 얘기지만, 마르크스주의자들은 오랫동안 파스칼의 이《시골 친구에게 보내는 편지》에서 정치 투쟁을 배우게 된다. 파스칼은 루이 알튀세르의 진정한 스승이 아니었을까?

13

"이 무한한 우주의 영원한 침묵이
나는 두렵다"

"이 무한한 우주의 영원한 침묵이 나는 두렵다"(233-201). 이는《팡세》의 가장 상징적인 단편 중 하나로, 우리 현대인들은 이 단편의 일인칭을 내밀한 실존적 고뇌의 표현으로 여긴다.

빅토르 쿠쟁은《팡세》의 새로운 판을 요청하기 위해 쓴 1843년의 《아카데미 보고서Rapport à l'Académie》에서 이미 이렇게 경탄했다. "우리가 나머지 모든 내용과 별개로 마주치는 이 음산한 한 문장은 영혼의 심연, 그 신 없는 세계의 사막에서 갑자기 터져 나온 침울한 비명 같지 않은가!"

파스칼은 16세기와 17세기의 과학 혁명에서 생겨난 이 무한한 우주 앞에 선 회의적인 존재를 대표한다. 우주 공간의 이 침묵은 천구天球들의 음악적 조화에 따라

정돈된 하나의 우주라는 옛 관념과 단절하고, 비극적 고독을 강요한다.

근대인들은 이 불안을 파스칼의 개인적 특성으로 여겼는데, 그 밑바탕이 된 것은 후대의 어느 사제의 증언이다. 그 사제는 자신이 상상해낸 갖가지 공포에 시달리는 어느 젊은 여성에게 파스칼과 관계된 그 일화를 이렇게 이야기한다. "이 재능 있는 위인은 언제나 자기 왼쪽에 심연이 있는 것만 같아 자신을 안심시키려고 거기에 의자를 하나 놓아두게 했답니다." 보들레르는 이 일화에서 영감을 얻어 소네트 〈심연Le Gouffre〉을 썼다. 이 일화에서, 파스칼을 신경질적이고 신경증과 우울증에 시달린 사람으로 묘사하는 온갖 통속화가 쏟아져나온다. 그의 질녀 마르그리트 페리에는 그의 유소년 시절의 여러 가지 불안에 관해 이야기했고, 실제로 그의 건강은 마비와 실성失聲, 편두통 등의 장애로 평생 좋지 않았다. 이런 이야기들은 천재를 광기에 접근시키는 19세기의 선입견을 키운다. 이미 1741년에 볼테르는 이런 이야기들을 바탕으로 해서, 파스칼이 멜랑콜리로 인해 이성을 잃었다고 결론지었고 또 그의 개

종을 정신적 혼란 때문이라고 설명했다.

샤토브리앙은 《기독교의 정수》에서 볼테르와는 정반대 입장에 선다. "이 기독교 철학자의 《팡세》를 펼쳐 들고 그가 인간의 자연을 다루는 첫 여섯 장을 읽다보면 깜짝 놀라 당황하지 않을 수 없다. 파스칼이 맛본 감정은 특히 그 깊이와 슬픔, 그 어마어마한 크기가 주목할 만하다. 우리는 마치 무한 속 같은 그 감정 한가운데 떠 있게 된다."

이 이후에는 마치 세기 병 같은 인간의 비참과 허무에 대한 낭만적 해석이 널리 퍼진다. 낭만적 절망으로, 그 후에는 또 실존적 부조리로 해석될 뿐, 더는 via veritas, 즉 "진실의 길"로 해석되지는 않는다.

샤토브리앙은 이렇게 말한다. "마치 팔미라의 폐허를, 사막의 아라비아인이 그 아래에 자신의 초라한 움막을 세운, 천재와 시간의 멋진 잔해를 보는 것 같다. 그를 두고 볼테르는 '파스칼, 한 세기 빨리 이 세상에 태어난 숭고한 광인'이라고 말했다. 한 세기 빨리라는 말이 무엇을 의미하는지 우리는 이해한다. (…) 포르루아얄 수도원의 이 은자가 다른 어느 위대한 천재보다 더 높이 오른 건 이 글들의 어느 부분에서인가? 인간에 대한 그 여섯 장에서다. 한데, 전적으로 원죄 위를 구르는 그 여섯 장은, 만약 파스칼이 신을 믿지 않는 사람이었다면 이 세상에 태어나지 않았을 것이다."

볼테르와 마찬가지로 샤토브리앙도 파스칼이 자유사상가 대화상대에게 공포감을 안겨주려 했다는 것, 그를 뒤흔들고, 경악시키고, 그를 무관심의 안락에서 끌어내고, 그를 불안에 빠트리려 했다는 것은 무시하기로 한다.

아주 신중한 태도를 보이는 이는 발레리뿐이다. 그는 1923년에 쓴 유명한 글 〈어느 '팡세'에 관한 변주 Variation sur une 'Pensée'〉에서 이렇게 적는다. "나는 이 완벽하게 슬픈 태도와 이 절대적인 환멸 속에 체계와 작업이 있다고 생각하지 않을 수 없다. 잘 조화된 문장은 완전한 단념을 배척한다. 잘 쓰인 절망은 완전히 이루어진 절망이 아니어서 난파에서도 얼마간은 정신의 자유를 구제한다." 발레리는 철학과 종교의 피해 없이, 아주 독특한 방식으로, "내 눈에는 파스칼의 손이 너무 보인다"라는 말로 자신의 거리감을 드러낸다. 훗날,

1947년에, 나탈리 사로트는 "우리는 어떤 말로 그가 감히 파스칼 얘기를 했는지 기억하고 있다"라며, 발레리가 "파스칼의 '말문을 막아버리는' 만족감"을 맛본 데 대해 비난한다.

어떻든 무한한 우주의 광경은 기독교 신자도 고뇌에 빠트릴 수 있다.

> "내 앞에 놓여 있는 영원한 시간 속에 내 짧은 생애가 흡수되는 걸 생각할 때 (…), 내가 차지하고 있고 또 내가 직접 보고 있는 이 작은 공간이, 내가 알지 못하며 또 나를 알지 못하는 저 무한하고도 광대한 공간 속으로 가라앉는 걸 생각할 때, 나는 무서움을 느낀다. 그리고 저곳이 아니라 이곳에 있는 나 자신을 보고 깜짝 놀란다. 그때가 아닌 지금, 저곳이 아닌 이곳에 있어야 할 이유가 전혀 없기 때문이다. 누가 나를 여기에 놓아두었을까? 누구의 명과 조종으로 내가 이 시간 이 장소에 운명지어졌을까?"(102-68)

나의 탄생에서 나의 죽음까지, 나의 생을 정당화하는 것은 아무것도 없다.

"나는 누가 나를 이 세상에 놓아두었는지, 이 세상은 어떤 세상인지, 그리고 나 자신은 어떤 존재인지 알지 못한다. 나는 모든 것에 대해 무서울 정도의 무지에 빠져 있다. (…) 나는 나를 둘러싸고 있는 우주의 무시무시한 공간들을 바라본다. 왜 내가 다른 곳이 아닌 이곳에 놓여 있는지, 나에게 살도록 주어진 이 짧은 시간이 어째서 내 앞에 놓인 모든 영원과 내 뒤에 놓인 모든 영원 속에서가 아닌 바로 이 시점에 내게 지정되었는지 알지 못한 채, 나는 이 광막한 공간 한구석에 붙잡혀 있다. / 곳곳에서 나는 마치 한 개의 원자인 듯이, 그리고 돌이킬 수 없는 한순간밖에 지속하지 못하는 하나의 그림자인 듯이 나를 둘러싸고 있는 무한들밖에 보지 못한다. / 내가 아는 것이라곤 머지않아 내가 죽게 된다는 것뿐이지만, 내가 정말 알 수 없는 것은 내가 피할 수 없는 바로 그 죽음이다."(681-427)

여기서 일인칭으로 말하는 인물의 두려움을 파스칼이 공유하지 않았다고 어떻게 장담할 수 있겠는가?

14

단계

언제나 치밀한 변론가인 파스칼은 '찬반贊反 뒤집기'의 명수다. 이를 그는 '현상의 이유'라거나 '이면의 사고'라고도 부르는데, 이것들은 논증論證 기법에 대한 그의 중대한 기여로 꼽힌다. 그가 《팡세》에서 사용한 그 방법의 가장 좋은 예를 하나 살펴보자. 그는 자연적인 무지와 유식한 무지를 비교하고 칭찬하면서, 이것들을 지식이나 어중간한 사이비 지식과 대립시킨다.

"세상 사람들[즉 민중, 일반인]은 사리를 잘 판단한다. 왜냐하면 그들은 인간의 진정한 자리라고 할 수 있는 자연적인 무지 속에 있기 때문이다. 학문에는 서로 접촉하는 양극단이 있다. 그 하나는 모든 인간이 태어나면서 처하는 자연적인 순수한 무지다. 다른 하나는 위대한 사람들이 도달하는 무지다. 그들은 사람들이 알 수 있는 모든 걸 두루 섭렵한 후 자기들이 아무것도 알지 못한다는 것을 발견하고서, 처음 출발했던 바로 그 무지에서 서로 만난다. 그러나 그것은 자신을 아는 유식한 무지다."(117-83)

이 명제는 초보의 무지와 박사의 무지를 비교한 몽테뉴의 비교를 연상시킨다. 전자는 학문이 전혀 없는 무지요, 후자는 소크라테스의 무지, 학문을 성취한 후에 얻는 무지다. 몽테뉴는 이 둘 사이에 있는 잡종들은 "세상을 혼란에 빠트리기" 때문에 "위험하고, 어리석고, 성가신"(I, 54) 사람들이라고 덧붙였다. 파스칼은 현재까지는 이 위계位階—이를 그는 '단계'라고 명명한다—를 채택한다.

"자연적인 무지에서 빠져나와 다른 무지에 도달하지 못한 어중간한 사람들은 그 잘난 학문에 물이 들어 아는 체를 한다. 이자들은 세상을 혼란스럽게 만들고 매사에 그릇된 판단을 내린다. 민중과 이런 헛똑똑이들이 서로 부대끼는 곳이 세상이며, 이자들은 민중을 경멸하나, 민중 또한 그들을 경멸한

다. 그들은 만사에 그릇된 판단을 내리나, 세상 사람들은 매 사에 판단을 잘 한다."(117-83)

좀 알긴 하지만 제대로 알지 못하는데도 모든 것을 안다고 생각하는 그 어중간한 사람들보다는 민중이 더 나은 판관이다. 종종 그러듯이, 파스칼은 하나의 역설로 치고 나간다. 다시 말해서, 통념 즉, 독사doxa에 따르면, 잘 판단하는 것은 교육 덕분이며 잘못 판단하거나 판단을 못 하는 건 무지 때문이다. 천만의 말씀, 파스칼은 정반대되는 주장을 편다. 즉 민중은, 비록 자신이 왜 옳은지 알지 못할지라도 옳을 수 있다(126-92). 물론 이는 새로운 생각은 아니다. 소크라테스의 화두이자 기독교의 화두이기도 한 것, 즉 겸손한 사람들의 '박식한 무지'가 바로 그것이다.

파스칼은 이 어중간한 사람들을 뭐라 명명하지는 않는다. 하지만 자유사상가들이 이 똑똑이들에 속한다. 사실은 자신들이 틀렸는데도, 안다고 자신하며 민중을 경멸하는 사람들이 그들이다. 민중은 그 경멸을 그들에게 되돌려주며, 파스칼은 그 헛똑똑이들에 대한 민중의 불신에 공감한다.

여기서 파스칼은 몽테뉴와 마찬가지로, 정신의 단계를 세 등급으로 본다. 하지만 나중에는 처음의 이 세 등급에 독신자篤信者들과 완전한 기독교인들을 더하여 다섯 등급으로 구분한다. 이렇게 다섯 등급으로 나뉘면서 단계가 좀 더 정교하고 독창적인, 순수하게 파스칼만의 단계가 된다. 파스칼은 이 세상의 귀족들에게 품는 존경심과 관련하여 사람들의 처신 방식에 다섯 가지가 있다고 보는데, 잇닿은 두 등급의 사람들 생각은 서로 반대되지만 한 등급을 건너뛴 두 단계 사람들의 생각은 서로 일치한다.

"현상의 이유. / 단계. 민중은 귀족 출신을 존경한다. 헛똑똑이들은 출신은 인격의 이점이 아니며 우연의 결과라고 말하면서 그들을 무시한다. 똑똑이들은 그들을 공경하지만, 민중과 같은 생각에서가 아니라 이면의 사고로 공경한다. 지식보다는 열성을 더 많이 갖춘 독신자들은 그들을 존경하게 하는 뜨똑이들의 고찰에도 불구하고 그들을 무시한다. 왜냐하면 독신자들은 신앙심이 던져주는 새로운 지혜[빛]에 따라서 판단하기 때문이다. 그러나 완전한 기독교인들은 더 높은 또 다른 지혜에 따라 그들을 공경한다. / 이처럼 사람들의 견해는 각자가 가진 지혜에 따라 찬반으로 이어진다."(124-90)

민중은 법이란 정당한 것이며 귀족은 우월한 존재라고 고지식하게 믿는다. 그들은 외양을 보고 그 본질을 판단한다. 헛똑똑이들은 외양과 존재를 구분하고 사회적 조건을 우연으로 돌려 귀족을 무시하기로 한다. 똑똑이들은 개인의 자연과 사회적 지위 사이에 구멍이 있다는 걸 모르지 않는다. 하지만 그들은 '좀 더 격조 있는' 생각에 따라, 내면적으로 존경하지 않더라도 귀족들에게 외적인 존경을 표하는데, 그렇다고 그들이 생각이 모자라는 것은 아니다.

여기까지는 지성이 단계를 지배하지만, 이후부터는 신앙이 뒤를 잇는다. 독신자는 신앙에 있어서 헛똑똑이 같은 존재다. 그는 기독교의 가치들을 곧이곧대로 해석하여, 인간들의 도시를 신의 도시로 혼동하고, 기존의 사회 질서를 인정하지 않는다. 반면 완전한 기독교인은 신앙까지 갖춘 똑똑이들이다. 그들은 귀족도

세상 사람 모두와 다를 바 없는 죄인임을 알지만 신의
뜻을 존중한다.

관습을 정당화하고, 민중의 "매우 건전한 견해들"을
보여주는 이 '이면의 사고', 이 '현상의 이유'에 대한
이보다 더 나은 예시는 없다.

> "오락을 선택했다는 것, 그리고 사냥물보다 사냥을 선택했다
> 는 것. 얼치기 학자들은 이를 비웃으며 그것이 바로 세상 사
> 람들의 어리석음을 증명한다고 우쭐댄다. 그러나 그들이 간
> 파하지 못한 이유로 세상 사람들이 옳다."(134-101)

그러므로 세상은 생각만큼 그리 미친 게 아니다. 보
기에는 그런 것 같지만, 파스칼은 거기에서 숨은 질서
를 발견한다.

15

폭력과 진실

힘과 정의의 대립은 파스칼의 사유에 자주 등장하는 모티프이다. 앞에서 보았듯이, 그는 "힘에 맞서 이른바 정의를 내세우는"(119-85) 프롱드의 난을 인정하지 않는다. 역으로 그는 힘을 권력 기관의 정당한 토대로 보는 전통적 교설을 받아들인다. "칼이 진정한 법을 수여하기 때문"(앞의 책)이라고 그는 말한다. 힘의 소유가 바로 그런 법을 수여한다. 파스칼의 말은 봉건제에서 유래하는 프랑스 왕정의 금언, "왕은 신과 자신의 칼만 인정한다"를 상기시킨다. 이는 달리 말하면, 프랑크 왕은 교황의 지배도 황제의 지배도 받지 않으며, 그들이 가진 무기의 힘으로 그들이 누려 마땅한 정의를 얻는다는 뜻이다.

파스칼은 세계 질서 유지를 위한 변론을 여기에서

도출한다. "그렇지 않으면 사람들은 폭력과 정의가 서로 다른 쪽에 있는 것을 보게 될 것이다. / 열두 번째 《시골 친구에게 보내는 편지》의 끝"(앞의 책). 힘의 사용은 불의가 아니다. 정의와 폭력을 같은 쪽에 있게 해주고, 폭력이 정당한 것이 되게 해주기 때문이다. 반면 정의에 대한 과도한 자구적 해석은 불의가 될 것이다. 파스칼은 키케로의 잠언 "Summum jus, summa injuris"을 인용하여, "극도의 법은 극도의 불의"(앞의 책)임을 상기하게 한다.

여기서 파스칼은 열두 번째 《시골 친구에게 보내는 편지》를 참조하게 하는데, 이는 제수이트들을 비판하는 이 '짧은 편지들'과 《팡세》의 연속성을 말해준다. 포르루아얄 수도원을 교회 당국과 대립시킨 그 갈등에서, 힘과 정의는 같은 쪽에 있지 않다.

"여러분은 여러분에게 힘과 처벌받지 않을 권한이 있다고 믿겠지만, 저는 제게 진실과 결백함이 있다고 믿습니다. 이것은 폭력이 진실을 억압하려고 하는 이상하고도 오랜 전쟁입니다. 폭력은 아무리 애를 써도 진실을 약화할 수 없고, 진실을 더욱 돋보이게 할 뿐입니다. 진실은 아무리 빛을 비추어도 폭력을 막을 수 없고 폭력을 더 자극할 뿐입니다."(《시골 친구에게 보내는 편지》의 〈열두 번째 편지〉, p. 479-480)

폭력과 진실 사이의 대립은 절대적이고 해결 불가능하다. 언제나처럼 파스칼은 둘의 조합이 그에게 제공하는 모든 결과를 탐색한다.

"힘과 힘이 싸울 때는 센 힘이 약한 힘을 굴복시킵니다. 말과 말이 대립할 때는 참되고 설득력 있는 말이 허영과 거짓뿐인 말을 꼼짝 못 하게 하고 흩어버립니다. 하지만 폭력과 진실은 서로에 대해 아무것도 할 수 없습니다."(앞의 책, p. 480)

폭력과 진실은 서로 다른 두 영역에 속한다. 한 영역이 다른 영역에 가하는 속박, 그것이 폭정이다. 하지만 언제나 이기는 쪽은 진실이다.

"그렇다고 이 둘이 동등하다고 주장해서는 안 됩니다. 결과를 폭력이 공격하는 진실의 영광으로 이끄시는 하느님의 질서에 의해, 폭력은 그저 한시적으로 허용될 뿐이지만, 진실은 하느님 자신처럼 영원하고 강력해서, 영원히 살아남아, 결국 적들을 굴복시킨다는 극명한 차이가 있습니다."(앞의 책)

정의와 힘이 같은 쪽에 있지 않을 때, 그럴 때 진실은 한쪽에 있고 힘은 다른 쪽에 있게 된다. 그럴 때 힘은 폭력이 되고 폭정이 되며, 이는 결국 힘이 그 정당성을 상실함을 의미한다. 이는 또한 파스칼이 국가가 아니라 교회의 폭정, 교황과 주교들의 폭정에 맞닥뜨렸음을 확인해준다. 우리는 《팡세》에서도, "힘이 없는 정의는 무력하다. 정의 없는 힘은 폭정이다"(135-103)라는 문장을 읽게 된다.

파스칼이 보기에, 효능 은총과 예정설을 지지하는 포르루아얄 수도원은 진실의 쪽에 있다. 반면 충분 은총과 자유의지를 지지하는 제수이트들은 힘을 가졌다.

자클린 파스칼, 즉 자클린 드 생트 유페미 수녀를 포함한 포르루아얄 수도원의 수녀들이 1661년에 얀세니우스의 5개 조항을 유죄로 선고하는 교황 알렉상드르 7세의 신앙선언문에 서명해야 했을 때, 그녀들은 진실을 가졌던 반면 파리 대주교는 강제력을 가졌고 폭력을 행사했다. 서명에 반대한 자클린 파스칼은 처음에는 타협을 거부했다. 앙투안 아르노에게 보낸 편지에서, 그녀는 자신의 시적 재능을 묻어버린 이후에도 여전히 자신의 문체를 잃어버리지 않았음을 보여주는 한 문장을 적었다. "주교들이 계집애의 용기를 지녔으니 계집애들이 주교의 용기를 지녀야겠지요"(IV, p. 1086). 하지만 결국 그녀는 1661년 6월 서명에 응했고, 그 얼마 후, 마치 진실에 가해진 폭력의 희생양이듯, 10월에 사망했다.

16

"제도적인 위대함, 제도적인 존경"

아주 생략된 표현이지만 매우 중요한 《팡세》의 이 단편. "제도적인 위대함, 제도적인 존경"(650-797).

여기서 파스칼이 말하는 '제도화된 것établissement'은 구성된 단체, 안정된 기관, 위엄있는 신분 등을 가리킨다. 제도화된 것에는 힘이 있고, 권한이 있고, 서열이 있다. 제도화된 것 앞에서, 우리는 머리를 조아리고 존경을 표한다.

파스칼이 '제도적인 위대함'이라는 그만의 표현(스페인 '귀족들' 얘기다)으로 지칭하는 것은 태생이나 사회적 위치, 의전상의 신분 상승 등을 이유로 어떤 사람에 대해 인정해주는 사회적 지위이며, 제도적인 존경은 그런 위대함을 누리는 남자나 여자(일반적으로는 남자)가 받는다. 구체제에서는 제3신분이 귀족계급과 성직자와 지체 높은 이들에게 그런 존경을 표했다.

1645년에 파스칼은 세귀에 대법관에게 자신이 만든 계산 기계를 헌납하는 내용의 서한을 보내면서, 그를 '각하'(II, p. 331-334)라고 부른다. 세귀에를 좋아하지 않았던 탈르망 데 로는 그 인물이 칭송에 굶주린 사람이며 "자신을 각하로 대우하게 한" 최초의 대법관이었다고 특기한다.

제도적 위대함에 관한 파스칼의 성찰은 정치적 성찰들인 《대귀족의 신분에 관한 논설Discours sur la condition des Grands》 세 편 중 두 번째 논설에서 증폭된다. 파스칼 자신이 직접 이 글들을 펴내지는 않았고, 친구인 피에르 니콜이 1670년에 《왕자의 교육에 대하여De l'éducation d'un prince》라는 논저 속에 넣어 간행했다. 이 세 논설을 예고하는 《팡세》의 단편들은 1660년 여름에 쓰인 것으로 추정된다. 파스칼이 포르루아얄 수도원과 친했던 루인느 공작의 아들 슈브뢰즈 공작에게 한 강론을 니콜이 충실하게 필사했던 것 같다.

"이 세상에는 두 종류의 위대함이 있다. 제도적인 위대함이 있고 자연적인 위대함이 있기 때문이다. 제도적인 위대함은, 특정 신분의 사람들을 마땅히 공경해야 하고 특정의 존경을 표해야 한다고 믿는 사람들의 의지에 달려 있다."(IV, p. 1032; p. 750-751)

　프랑스에서 사람들은 태생과 사회적 신분과 나이를 존경한다. 그것은 임의적이다. 사람들이 그렇게 하는 것은 그렇게 하는 것이 "사람들 마음에 들었기 때문"이며, "그런 일은 제도화 이전에는 아무래도 좋은 것이었다". 하지만 "제도화 이후 그렇게 하는 것은 올바른 일이 된다." 공공질서를 어지럽힐 수 있기에, "그것을 혼란스럽게 하는 것은 옳지 않은 일이기 때문"이다.

　파스칼은 '제도적인 위대함'에 이와 별개인 '자연적인 위대함'을 대립시킨다. 자연적인 위대함은 임의적인 게 아니며, "사람들의 기분에 달려 있지 않다. 학문이나 정신의 빛, 덕성, 건강, 힘 등, 어떤 사람을 좀 더 존경할 만한 존재로 만드는, 영혼이나 육체의 실제적인 진짜 특질들이 그 밑바탕이기 때문이다." 자연적인 위대함은 육체나 영혼의 위대함, 즉 운동선수나, 학자,

현자 등의 위대함이다.

"제도적인 위대함에 대해서는 제도적인 존경, 즉 어떤 외적
인 의례로 존경을 표해야 하나 (…), 이 위대함은 우리가 그
런 식으로 존경하는 이들에게 어떤 실제적인 자질이 있는지
고찰해보게 하지 않는다. (…) 하지만 자연적인 위대함에 대
해서는 존경심이 그 바탕이 되는 자연적 존경을 표해야 한
다."(앞의 책; p. 751).

내가 공작에게 경의를 표하는 건 그가 공작이기 때
문이요 그렇게 하는 게 옳다고 생각해야 하지만, 그가
존경할 만한 사람이 아니라면 그에게 존경심을 품지
않아도 된다. 우리가 제도적 위대함에 지우는 의무는
'외적인 의무들'로서, 이런 의무들은 파스칼이 '내적인
경멸'이라 부르는 것과 공존할 수 있다. 귀족도 정신이
저열하면 그런 경멸을 받을 수 있다.

두 위대함의 이 같은 구분은 1652년 스웨덴의 크리
스티나 여왕에게 자신이 만든 계산 기계를 소개하려고
쓴 편지에 이미 암시되어 있다.

"(…) 저는 최고의 신분 혹은 권력에 도달한 이들이나, 최고의 깨달음에 도달한 이들에게 각별한 존경심을 품고 있습니다. 제 생각이 잘못된 건지는 모르지만, 후자도 전자와 마찬가지로 군주들이라 할 수 있습니다."(II, p. 924; p. 97-98)

파스칼은 정신의 왕자들, 지적 귀족을 예찬한다. 겸허함으로 태도를 바꾸기 전에는 자신이 바로 그런 계층에 속한다고 자부했었다. "(…) 이런 제국들은 모두 그 자체로 위대"(앞의 책; p. 98)하지만, 그가 보기에는 지적인 위대함이 태생적인 귀족보다 더 영예롭다. 파스칼과 로안네즈 공작의 우정, 학자와 귀족의 이 우정도 사실은 로안네즈 공작이 정신의 왕자이기도 했기에 더욱더 성실한 우정일 수 있었다.

사회 질서를 위해 아주 중요한 정의는 제도적인 위대함을 존중하도록 강요한다. 하지만 파스칼은 특유의 조합 정신을 발휘하여 모든 가능성을 탐구한다. 즉, 제도적인 위대함에 자연적 존경을 표하는 것은 부당하며, 이와 마찬가지로 자연적인 위대함에 제도적 존경을 표하는 것 역시 부당한 일일 것이다. 예컨대 어떤 학자에게, 내가 사회적 신분이 더 높은데도 그가 학자라는 이유로 내가 길을 비켜준다면 그건 부당한 일이다. 나보다 학식이 더 높은 그를 존경할 수 있지만, 마땅히 내가 먼저 지나가야 한다.

요약하면 제도적 위대함에는 제도적 존경을, 자연적 위대함에는 자연적 존경을 표해야 한다는 얘기다. 질서를 뒤섞지 말자. 학자 앞에서 모자를 벗지 말고, 특히 존경받을 자격이 없는 귀족에게 우리의 존경심을 표하지 말자. 그의 앞에서 그저 고개만 숙여주고 말자. 파스칼이 공작의원의 아들과 좋은 관계를 유지하고 그에게 가르침을 준 것은 그 어린 공작이 나중에 제도적 존경과 자연적 존경을 다 받을 수 있는 사람이 되게 하기 위해서였음을 잊지 말자.

17

"달아난 생각"

《팡세》에서 우리는 생각하는 법, 글 쓰는 법, 읽는 법에 관한 많은 것을 찾아볼 수 있다. 인간학과 신학의 여백에, 우리 현대인들도 느낄 수 있는 자잘한 여러 성찰이 숨어 있다.

"어떤 저자의 의미를 이해하기 위해서는 모든 상반된 단락들을 일치시켜 보아야 한다. (…) 모든 저자는 모든 상반된 단락들이 일치하는 하나의 의미를 갖거나 그렇지 않으면 의미를 전혀 갖지 못한다."(289-257)

이 단편의 제목은 '모순'이다. 여기서 파스칼이 생각하는 것은 무엇보다도 우선 성경이며, 또한 자유사상가의 빈축을 살 수 있는 성경의 무수한 '모순된 단락들'이다. 그는 교부들이 따랐던, 특히 성 아우구스티누스가 따랐던 먼 옛날의 해석 내지는 해설 원칙 하나를 떠올린다. 대립을 화해시키는 것이 그것이다. 왜냐하면, 파스칼이 말하듯이, "예수 그리스도 안에서는 모든 대립이 조화를 이루고 있기 때문이다." 파스칼은 특유의 기하학 정신으로, 모든 저자와 성경을 포함한 모든 책에 유효한 정합성의 해석 규칙을 서슴없이 적용한다.

다른 단편에서는 또 이런 불꽃 같은 문장 앞에서 멈추게 된다.

"나는 달아나는 생각을 쓰고 싶었다. 하지만 그러기는커녕 그 생각이 나에게서 달아나버렸다고 쓴다."(459-542)

롤랑 바르트는 이 문장을 여러 번 인용한다. 그가 보기에 이는 그가 창안하고 싶은 새로운 학문, '바트몰로지bathmologie' 혹은 '언어의 시차時差 연구'의 멋진 예이기 때문이다. 즉, 잊어버린 생각을 쓰는 대신, 나는 한 단계를 건너뛰고서 내가 그것을 잊어버렸다고 쓴다.

파스칼의 이 성찰은 다음 고찰을 뒤잇는 것이다.

"우연은 생각을 주기도 하고, 생각을 빼앗기도 한다. 보존하
는 법이나 얻는 법 같은 건 전혀 없다."

생각을 얻고 보존하는 법이라는 표현에서, 우리는
옛 수사학의 두 파트, inventio[찾기]와 memoria[기억하
기]를 알아본다. 16세기와 17세기의 과학적 방법은 고
대에서부터 르네상스까지 교육되어 오던 기억술과 단
절한다. 기억술은 새로운 지식을 생산하고, 관념들을
다시 조합하여 새로운 생각을 형성한다고 자랑해왔다.
그러나 과학은 기억 장인匠人들의 난해한 사변을 비난
하고, 생각을 잊지 않게 해주는 인위적인 수사학적 기
법들을 공박한다. "진정한 웅변은 웅변을 무시"하며,
이제 연사는 더는 방마다 쌓여있는 관념들과 말들을
되찾으러 기억의 건축물을 이리저리 돌아다니지 않을
것이다.

또한 심오한 진실들은 기억 속이 아니라 마음속에
있기 때문에도 그렇다. 마음은 잊어버리지 않는다. 만

약 어떤 생각이 달아났다면, 중요하지 않고 우연적인 생각이어서 그렇다. 그것은 거짓된 좋은 생각이다.

"내 생각을 기록하는 동안에도 생각은 이따금 나에게서 달아나곤 하는데, 이는 내가 늘 잊어먹곤 하는 나의 취약함을 내게 다시 상기한다. 이는 잊어버린 내 생각만큼이나 내게 교훈을 준다. 나의 관심은 그저 나의 허무를 아는 것이기 때문이다."(540-656)

좋은 생각이 내 머릿속에 떠올라, 내가 노트에 기록하고 싶은 좋은 표현 속으로 흘러든다. 하지만 기록을 하려는 순간 그 생각이 머리에서 나가버린다. 그래도 이 망각은 더욱더 중요한 다른 생각 하나를 불러일으킨다. 그것은 바로 내가 잊어버리려고 하는 나의 비참, 나의 취약함 혹은 나의 허무다. 생각을 망각하는 경험이, 일종의 반사적 활동, 혹은 오늘날의 소위 자기참조성自己參照性에 의해 망각에 관한 생각을 불러일으킨다.

하지만 파스칼의 기억력은 전설적이다. 그는 성경을 "거의 통째 외우고" 있었다고 질베르트는 전한다(I, p.

582: p. 58). 또 그의 질녀 마르그리트 페리에 따르면 "그는 자신이 기억하기로 마음먹은 건 뭐든 절대 잊어 버리지 않는다고 말했다"고 하며, 또 그의 친구 피에르 니콜에 의하면 "그가 한번 이성으로 이해한 것"은 절 대 잊어버리지 않았다고 한다(위의 책, p. 1103과 987). 그 러니 달아난 생각은 중요하지 않은 생각이었다.

호교론을 쓰기 위해서 파스칼은 그런 탁월한 기억력 에도 불구하고, 생각이 떠오르는 대로 무질서하게 큰 종이에 적어나갔다. 나중에 그는 그것들을 잘라내고 분류했으며, 그렇게 해서 《팡세》가 어느 정도 정돈된 비망록의 형태로 모습을 드러냈다. 그가 서두에 배치 한 단편들은 두 파트(먼저 inventio가 있고, 그 뒤는 dispositio, 즉 논설의 순서다)로 된 큰 계획의 윤곽을 그리고 있다. "제1부: 신 없는 인간의 비참./제2부: 신과 함께하는 인간의 행복"(40-6).

이 무질서에 실망한 포르루아얄 수도원 사람들은 결 국 '팡세'라는 단순한 제목으로 출간하고 말지만, 어떤 편집자들은 파스칼이 구상한 호교론의 정확한 배치를 재구성해보려고 노력한다. 공연한 수고이다. 파스칼의 재능은 그의 나쁜 건강 상태와 마찬가지로, 수많은 비범한 계획을 시도하나 그 어떤 것도 완성하지 못하는 결과를 낳았다. 그는 이렇게 말하곤 했다.

"어떤 책을 쓸 때 마지막으로 생각해야 하는 것은 무엇을 가장 먼저 써야하는지 아는 것이다."(740-976)

그래서 우리는 그의 사후에 정리된《팡세》의 불완전한 사본들로 만족해야만 한다.

파스칼과 함께하는 여름

18

"그는 천사도 짐승도 아닌, 인간이다"

"인간은 자기가 짐승 같다고 생각해서도 안 되고 천사 같다고 생각해서도 안 되며, 이 두 가지를 몰라서도 안 되고, 이 두 가지를 모두 알아야 한다."(154-121)

파스칼은 인간을 모욕하면서, 인간을 낮추면서, 그를 비참 속에 빠트리면서 호교론을 시작한다. 하지만 그게 마지막 말은 아니다. 인간은 비참함과 위대함을 함께 갖춘 중간의 피조물이다. 인간에게 그의 명백한 비참을 제시한 후, 그의 위대함의 잔재를 그에게 의식하게 해줄 필요가 있다. 그래야 인간은 자신의 완전한 조건을 알게 될 것이다.

다시 한번 파스칼은 성 아우구스티누스에게 충실한 모습을 보인다. 아우구스티누스는 "Medius homo est

inferior angelis, superior pecoribus(중간의 인간은 천사
보다 열등하고 짐승보다는 우월하다)", "인간은 짐승과 천사의
중간에 있고"(《신국》, 9장 13절), 천사는 인간과 신의 중간
에 있다고 보았다.

파스칼이 익히 잘 아는 몽테뉴는 《수상록》 마지막
장 '경험에 대하여'에서 이렇게 적었다. "그들은 자기
자신에게서 벗어나려 하고 인간에게서 달아나려 한다.
미친 짓이다. 천사로 탈바꿈하는 게 아니라 짐승으로
탈바꿈하고, 자신을 높이는 게 아니라 낮추는 짓이기
때문이다"(III, 13).

인간은 천사도 아니고 짐승도 아니다. 이쪽도 저쪽
도 아니지만, 자신을 이쪽이나 저쪽과 동등하게 만들
수 있고, 이쪽이나 저쪽과 같은 존재로 생각할 수 있다.

여기서 우리는 파스칼이 자신의 모든 논증의 토대
로 삼는 두 학파 혹은 두 철학 분파를 다시 보게 된
다. 하나는 에픽테토스로 대표되는 스토아학파[금욕주
의자들]이고, 다른 하나는 몽테뉴로 대표되는 피론학파
혹은 회의주의자들이다. 《에픽테토스와 몽테뉴에 관
한 사시 씨와의 대담Entretien avec M. de Sacy sur Épictète

et Montaigne》은 파스칼이 포르루아얄 수도원의 친구들에게 호교론 계획을 제시했을 무렵인 1658년에 한 대담에서 나온 것으로 추정되는데, 이 책에 실린 논의가 《팡세》의 진짜 전제였다.

스토아학파의 특징은 오만이다. 그들은 자신을 천사와 동등한 존재로 만들 수 있다고 생각한다. 피론학파의 특징은 게으름과 저열함이다. 이는 에피쿠로스학파의 특징이기도 하고, 물론 자유사상가들의 특징이기도 하다. 그들은 자신을 짐승과 같은 존재로 만든다.

"어떤 이들은 정념을 버리고 신이 되기를 원했고, 또 어떤 이들은 이성을 버리고 짐승이 되기를 원했다."(29-410)

하지만 둘 중 어느 쪽도 정념도 이성도 완전히 떨쳐내는 데 성공하지 못했다. 인간은 어찌할 수 없는 중간의 존재이기 때문이다.

파스칼은 또 이렇게 말한다. 아내와 외아들을 막 잃은 이 사람이 게임이나 사냥을 즐기고, "토끼 한 마리를 잡는 데 온통 정신이 팔려" 있다고 해서 놀라서는 안 된다. 왜냐하면 "그는 결국 하나의 인간에 불과하기 때문이다. 다시 말해 기껏해야 조금 하거나 많이 할 수 있고, 뭐든 다하거나 아무것도 못 할 수 있는 존재이기 때문이다. 그는 천사도 짐승도 아닌 인간이다"(453-522). 여기서 중요한 말은, 조금 하거나 많이 할 수 있고, 뭐든 다하거나 아무것도 못 할 수 있다는 문장 속의 이 '할 수 있다'라는 말이다.

파스칼은 인간을 짓누르기도 하지만 위로 끌어올리기도 한다. 인간에게는 근본적 본성의 흔적이 남아 있기 때문이다.

"인간의 위대함은 자기가 비참하다는 사실을 안다는 데 있다. / 나무는 자기가 비참하다는 사실을 알지 못한다. / 그러므로 [자신의] 비참을 아는 건 비참한 일이지만, 사람은 자기가 비참한 존재임을 알기에 위대하다."(146-114)

좀 더 나아가보자. 두 가지 모순된 선택, 천사와 짐승, 스토아학파의 금욕주의와 피론학파의 회의주의가 동일자로 되돌아간다. 파스칼은 많은 변증법적 책략을,

많은 찬반 뒤집기와 지양止揚을 주머니 속에 담아두고 있다.

> "인간은 천사도 짐승도 아니다. 불행한 일은 천사가 되려 하는 자는 짐승이 된다는 것이다."(557-678)

이 생각은 잊을 수 없는 도덕적 금언으로 각인되었고, 다음과 같은 뜻으로 받아들여졌다. 즉, 오만한 자들은 낮아질 것이요, 그 추락은 오만에 대한 정당한 대가라는 것.

그러나 이 명제는《팡세》에서 특히 한 가지 신학적 의미를 지닌다. 즉, 천사가 되려 한다는 건 존재들의 서열에서 상위의 본성을 갖겠다는 것이다. 그런 오만으로 원죄를 모르는 체하는 인간은 그만큼 신에게서 멀어지며, 이는 그를 더욱더 낮추어 짐승에 가깝게 만든다. 인간이 자신의 비참을 모르면 자신의 이중적 본성의 대립을 등한히 하여 제 위대함만 보게 되며, 그래서 더욱더 비참해진다. 바로 그렇게, 신의 지배에서 벗어남으로써, "오늘날의 인간은 짐승과 유사한 존재가 되어버렸다"(182-149).

이 양자택일의 다른 쪽 선택도 사정이 더 낫지는 않다. 그 이유는 다음과 같다.

> "그런 주장이 헛됨을 깨달은 사람들[회의주의자와 쾌락주의자]은 그대들의 본성이 짐승의 본성과 유사함을 그대들에게 이해시키면서 그대들을 또 다른 궁지에 빠뜨렸다. 그래서 동물들의 몫인 사욕을 통해 그대들의 선을 추구하도록 유도했다."(앞의 책)

인간에게 주어진 유일한 출구는 자신의 비참과 위대함을 동시에 인식하는 것이다. 자신의 자연을 규정하는 이 모순을, 니콜라스 드 쿠에스의 'coincidentia oppositorum(대립자들의 일치)'의 전통 속에서 인식하는 것이다. 파스칼은 그것을 이렇게 상기한다.

> "(…) 각각의 진실 끝에, 사람들이 그 반대의 진실을 기억하고 있다는 사실을 덧붙여야 한다."(479-576)

19

자유사상가

'기독교 호교론'의 단 하나의 목적은 자신의 독자, 적이 아니라 대화상대를 개종시키는 것이다. 수신자는 바로 자유사상가들(《팡세》에는 이 말이 나타나지 않지만), 파스칼이 사교계 시절에 자주 만났던 기사 메레나 다미앵 미통(《팡세》에 세 번이나 인용된) 같은 친구들 무리다. 파스칼은 '아드 호미넴ad hominem'의 논법[17]을 사용한다. 즉, 자유사상가들이 수긍했던 가정에서 출발하여, 그들이 처음에는 거부했던 결론 쪽으로 그들을 유도하고자 한다.

주의하자! 파스칼 시대의 자유사상가란 품행이 자유로운 오늘날의 우리 같은 사람이 아니다. 사상이 자

---

17 대화상대의 감정·이해관계·편견·모순 따위를 들어 반박하는 논법. ad hominem은 '그 사람을 향하여'라는 뜻이다.

유로운 사람, 교리의 속박에서 벗어나 자기 생각을 행사하는 사람, 즉 자유사상가, 이신론자, 무신론자, 혹은 어째도 상관없는 사람 등을 가리킨다. 그에게 자유 중에서도 으뜸가는 자유는 의식의 자유다. 종교와 기독교 도덕에 대한 사상의 독립이다.

메레와 미통은 사교계 인사이자 교양인들로, 교양의 이론가이자 실천가들이다. 다시 말해서, 행복해지는 법과 주위 사람들을 행복하게 해주는 법을 실천하는 사람들이다. 그들은 《팡세》의 전제, "우리는 행복을 추구한다"(20-401)를 파스칼과 공유한다.

사실 파스칼은 무신앙의 다른 줄기, 교리에 더욱더 위험한 학문적인 줄기 쪽으로는 별 관심을 보이지 않는다. 그 식자들은 비판 정신을 동원하여, 그리스도의 강생과 삼위일체, 성찬 등, 기독교의 진리들을 역사와 철학의 이름으로 반박한다. 파스칼은 그저 아담 이전에도 사람들이 있었다는 가설을 언급한다거나(478-575), 중국의 역사를 언급한다거나(663-822), 그리스도의 족보에 관한 여러 복음서의 모순을 암시적으로 거론한다거나(268-236), 아니면 무신론자들의 반론을 아래처럼 요약할 뿐이다.

"무슨 이유로 그들은 사람이 부활할 수 없다고 말하는가? 태어나는 것과 부활하는 것 중, 어느 것이 더 어려운가? 한 번도 존재하지 않았던 게 새로이 존재하게 되는 건가, 아니면 전에 존재했던 게 다시 존재하게 되는 건가? 새로이 존재하게 되는 게 다시 존재하게 되는 것보다 더 어려운 일 아닌가? 우리는 하나는 습관이 되어 있어 쉬운 일로, 다른 하나는 습관이 되어 있지 않아 불가능한 일로 생각한다. 참으로 속된 판단 방식이다. / 어째서 처녀는 아이를 낳을 수 없는가? 암탉은 수탉 없이도 알을 낳지 않는가? 어째서 그것들을 외관으로 다른 것들과 구별 짓는가? 누가 우리에게 암탉은 수탉만큼 씨알을 잘 만들지 못한다고 말했는가?"(444-882)

반면 사교계 사람들과의 토론은 훨씬 더 밀도가 있다.

"자아는 가증스럽네. 이보게 미통, 자아를 감추어 보게. 그런다고 자네가 그걸 절대 없앨 수는 없네. 그러니까 자네는 늘 가증스러운 존재인 거지."(494-597)

여기서 파스칼은 자신의 자유사상가 친구와 나누는 가상의 대화를 그리고 있다. 그는 친구가 참으로 자기애를 조금도 버리지 못하고서 그것을 그저 이타주의의 허울 아래 감추고 있을 뿐이라고 비난한다. 물론 성실함 덕분에 그의 자아가 낱낱이 드러나지는 않지만, 그렇다고 해서 그것이 자기애의 해로운 결과들을 없애주지도 않는다.

대화가 이어지고, 미통은 그에게 이렇게 대답한다. "전혀 그렇지 않네. 평소에 우리가 모든 사람을 친절하게 대하는데 사람들이 우리를 미워할 이유가 없지 않은가." 하지만 이런 방어가 파스칼에게는 충분하지 않다.

"그건 사실이네. 만약 사람들이 우리에게 속하는 불쾌한 것만 자아 속에서 미워하는 거라면 말일세. / 하지만 나의 자아가 모든 것의 중심이 되는 게 부당해서 내가 자아를 미워하는 거라면, 나는 항상 나의 자아를 미워하게 될 거네."(앞의 책)

비록 예의 바른 자유사상가의 자아가 전제적이지 않고 다른 사람들을 굴복시키려 하지 않을지라도, 여전

파스칼과 함께하는 여름

히 그 자아는 부당하고 가증스럽다. 왜냐하면 그 자아는 자기애라는 것은 원죄에서 기인하며 오직 기독교의 덕행에 의해서만 없앨 수 있다는 사실을 모르기 때문이다. 파스칼은 이렇게 쓴다. "미통은 자연이 부패했다는 것과 사람들이 교양에 반反하는 존재라는 사실은 잘 안다. 하지만 그는 어째서 사람들이 좀 더 높이 날지 못하는지를 모른다"(529의 2-642).

사람들이 더 높이 날지 못하는 건 천사가 아니라 타락한 피조물이기 때문이다. "인간의 마음은 움푹하고 오물로 가득 차 있다"(171-139)라고 파스칼은 말한다. 이는 신만이 해결할 수 있을 뿐, 교양으로 할 수 있는 건 아무것도 없다.

"미통이 전혀 움직이지 않는 것을 비난할 것"(433-853). 바로 이것이 호교론의 목표다. 즉 미통을 움직이게 하는 것, 무신론자에 반종교적이지만 전혀 방종하지 않은, 자유사상가 교양인을 거칠게 몰아붙이는 것. 파스칼은 결의론자들의 말을 무수히 인용하는 《시골 친구에게 보내는 편지》의 언어와는 전혀 다른 언어로 그에게 말한다. 그 자신의 언어인 자유사상가 교양인

의 언어로 그에게 말한다는 점, 그것이 3세기가 넘도록
《팡세》를 성공시킨 비결이다. 포르루아얄 수도원은 그
초고 더미 앞에서 분통을 터뜨렸지만 말이다.

20

"기쁨, 기쁨, 기쁨, 기쁨의 눈물"

파스칼이 죽고 나서 한 하인이 그의 저고리 안감 속 꿰매진 곳에서 정성스레 접힌 양피지 한 장을 발견하고는 그것을 질베르트 파스칼에게 주었다. 가족은 "빼어난 자체字體들이 너무도 정성스레 적힌 그 양피지"가 파스칼이 늘 몸에 지니고 다녔던, 1654년 11월 23일 밤의 영적 체험을 적은 '일종의 비망록'[메모리알]이라는 사실을 깨달았다(III, p. 56). 그에게 무슨 일이 일어났는가? 어떤 환상, 어떤 환영을 보았고, 어떤 법열, 어떤 신비적 황홀을 체험한 것인가? 함부로 말하지는 말자. 하지만 그가 최종적으로 포르루아얄 수도원 쪽으로 회심한 것은 이 직후였다.

아버지가 돌아가시고 나서, 파스칼이 1651년 10월 누이 질베르트와 매형에게 쓴 위로의 편지에는 이미 그가 아우구스티누스의 신학에 얼마나 익숙해져 있는 지가 잘 나타나 있다. 누이 자클린이 1652년 1월 그를 떠나 포르루아얄 수도원 수녀원에 들어간 후, 2년 동안 파스칼은 로안네즈 공작이나 메레와 미통 같은 자유사상가 친구들과 자주 어울리는 한편 물리학과 수학에 관한 여러 가지 계획에 매달려 시간을 보냈는데, 친구 메레에게 내기로 제기한 문제들을 풀기 위해 '우연의 기하학'을 창안한 게 그 하나다. 하지만 자클린은 그가 세속을 멀리하기 시작한 시기를 1653년 가을부터로 잡는다. 그녀는 1654년 12월 8일 질베르트에게 이렇게 속내를 털어놓는다. "하느님께서 우리에게 너무도 소중한 사람한테 행하시는 일을 자매님이 계속 모른 체하는 건 옳은 일이 아닙니다." 그는 "일 년도 더 전부터 이 세상을 몹시 경멸하고 주변의 모든 사람에 대해 견디기 힘들 정도의 혐오감을 품고 있어요."(앞의 책, p. 67-68).

이때 이후부터 회심이 서둘러진다. 자클린은 1655년 1월 19일자 편지에서, 약간 거친 어조로 오빠에게 이렇게 적는다. "(…) 신께서 오빠에게 그런 은총을 베푸셨다니 놀랍군요. 제가 보기엔 여러 면에서 오빠가 아직 한동안은 더 그토록 열렬히 포옹했던 그 진구렁 냄새에 시달리는 게 마땅하다고 생각되니까요."(앞의 책, p. 69).

그 며칠 뒤, 질베르트에게 보낸 1955년 1월 25일자 편지에서는 파스칼이 1654년 9월에 자신을 방문한 일을 이렇게 이야기한다. "(…) 오빠가 내게 속내를 털어놓는 걸 보고 불쌍하다는 생각이 들었어요. 그 엄청난 활동 와중에도, 오빠가 이 세상을 사랑하게 되는 데 도움이 될 그 모든 일들, 그래서 오빠도 당연히 무척 애착하리라는 생각이 절로 드는 그 모든 일들 한가운데에서도, 오빠는 그 모든 것을 너무나 떠나버리고 싶다고 내게 털어놓더군요. 이 세상의 미친 짓거리와 유희에 대한 극도의 혐오감 때문에, 또한 오빠의 양심이 자신에게 가하는 지속적인 비난 때문에 말이죠. 오빠는 이제껏 한 번도 그런 비슷한 경험을 해본 적이 없을 정도로 심하게 모든 일에 완전히 정나미가 떨어져 버린 것 같았어요. 더군다나 하느님 쪽에서도 완전히 버림받아, 그쪽으로도 전혀 끌림을 느끼지 못하고 있더군요."(앞의 책, p. 71).

그러므로 세상에 대한 염증과 신의 부름의 부재, 버림받았다는 느낌 등이 당시의 그의 상태를 특징짓는다고 할 수 있다. 하지만 곧 결말이 찾아온다. 신의 부재가 끝나고 신의 현전의 불길이 그의 마음에 자리를 잡는다.

자클린과 질베르트는 후에 파스칼의 회심을 확인하게 되지만, 1654년 11월 23일의 그 사건은 두 누이에게도 비밀로 남는다. 파스칼의 사교계 생활, 결혼과 공직 진출 계획, 과학적 영광에 대한 꿈 등에 종지부를 찍은 그 '불의 밤'에 대해 그녀들은 전혀 모르게 된다. 그가 1660년에 《신께 질병의 선용善用을 묻기 위한 기도Prière pour demander à Dieu le bon usage des maladies》에서 말하듯, "이 세상의 달콤하고도 범죄적인 이용"에 종지부를 찍은 그 사건에 대해서 말이다(IV, p. 999).

내기와는 아무 상관이 없는 이 회심은 명상 뒤에 찾아든 어떤 영적 체험이었던 것 같다. 훗날, 18세기의 합리주의자들은 그것을 환각으로 여기고, 콩도르세는 그것을 '광기'로 규정하게 되지만, '메모리알'의 어휘에서는 평화와 기쁨과 온유함이 내비칠 뿐이다(742-913).

"대략 저녁 10시 반부터 밤 12시 반까지.

불

(…)

확신, 확신, 느낌, 평화."

'불'이라는 말이 가리키는 듯한 신비적인 현상의 결과, 위안이 두려움과 불안을 이겨낸다.

"하느님 외 세상과 모든 것의 망각.

그분은 복음서에서 배운 길들을 통해서만 발견된다.

인간 영혼의 위대함.

의로우신 아버지여, 세상이 아버지를 알지 못했어도 나는 아버지를 알았나이다.

기쁨, 기쁨, 기쁨, 기쁨의 눈물."

그리고 맨 끝에, "온유한 마음으로 완전한 포기"라고 적는다.

그의 이 '메모리알'은 확신과 신뢰, 따뜻함과 위안, 마음속에 자신의 존재를 느끼게 하는 부재하시는 신을 표현한다. 어떤 주석자들은 이 글에서 신비적이라기보다는 금욕적인 어떤 경험을 보는 편을 선호한다. '메모리알'은 성경에서 따온 말들을 여럿 내포하는데, '불'은 마음과 정신 양쪽 모두에 현현하며 이성을 배제하지도 않는다.

하지만 전체를 지배하는 것은 기쁨이다. 그것은 《팡세》를 지배하는 공포와 불안이 그의 자화상이 아니라 극적인 과장을 위한 것이요, 자유사상가를 뒤흔드는 것이 그 목적임을 확인해준다.

파스칼과 함께하는 여름

21

파스칼의 방법

파스칼의 방법은 거의 늘 같다. 두 가지 상반된 주장을 소개하고, 두 주장이 다 틀렸음을 제시하고, 둘 중 각각의 옳은 것은 간직하고 틀린 것은 거부하면서 둘을 조합하여, 결국 그 둘을 지양止揚하는 제3의 주장을 제안한다. 그렇지 않으면, 좀 더 역설적이고 좀 더 강력한 방식으로, 그는 그 상반된 두 주장이 다 참이라고 제시하고 대립자들의 일치라는 이름으로 그것들을 유지한다.

이 방식은《시골 친구에게 보내는 편지》나《팡세》의 열쇠라고 할 수 있는《은총 논고Écrits sur la grâce》에서 정리가 되었다.

한쪽에서는 칼뱅주의자들이 신께서는 인간을 창조하실 때 이미, 즉 어떤 공덕이나 죄과를 예측하시기 이전에, 일부는 구제하고 일부는 영벌을 받게 하려는 의지를 지니셨다고 주장한다. 이른바 절대적 예정설이다. 다른 한쪽에서는 제수이트 혹은 몰리니즘[18] 신봉자들이 신께서는 모든 인간을 구제한다는 동등하고 보편적이고 조건적인 의지를 지니셨다고 주장한다. 구제받기를 원하는지 원하지 않는지는 그들의 자유의지에 맡기고, 구제받기를 원하기만 한다면 신이 모든 인간에게 주신 충분 은총의 방법으로 구제하신다는 것이다(III, p. 766).

파스칼은 칼뱅주의자들의 견해를 끔찍하고 참을 수 없는 것으로 판단한다. 잔인한 신을 가정하기 때문이다. 몰리니즘 신봉자들의 견해는 온유하고 기쁘고 매력적이라고 판단한다. 자유로운 인간을 가정하기 때문이다. 하지만 두 견해 모두 지나치고 거짓이다. 둘 사이에 있는 올바른 견해, 즉 성 아우구스티누스의 견해는 "칼뱅의 견해처럼 잔인하지도 않고 몰리나의 견해처럼 온유하지도 않은"(앞의 책, p. 767), 이 둘을 조합하는 견해이다.

---

18 스페인의 예수회 회원 L. 몰리나Molina가 주장한 학설.

"몰리니즘 신봉자들은 예정설과 영벌이 인간의 원죄와 공덕에 대한 예측에 의한 것이라고 주장한다. / 칼뱅주의자들은 예정설과 영벌이 신의 절대적 의지에 의한 것이라고 주장한다. 그리고 교회는 예정설은 신의 의지에서 오고 영벌은 원죄에 대한 예측에서 온다고 주장한다."(앞의 책, p. 768)

또한 "몰리니즘 신봉자들은 인간의 의지를 구원과 영벌의 원천으로 여기고", "칼뱅주의자들은 신의 의지를 구원과 영벌의 원천으로 여기"지만, "교회는 신의 의지는 구원의 원천이고, 인간의 의지는 영벌의 원천이라고 주장한다."(앞의 책)

이상에서 보듯, 장세니스트들이 추종했던 은총에 대한 아우구스티누스의 진정한 교리는 "우리는 예정된 존재다"와, "우리는 자유로운 존재다"라는 상반된 두 진리의 일치로 나타난다. 하지만 자기만의 논리와 신비를 지닌 이 해결책은 다소 궤변적이고 결의론적인 것이 아닐까? 파스칼은 포르루아얄 수도원의 주장이 교회의 교리와 같은 것임을 밝히는 데 성공했는가?

그 방식은 "세상에서 가장 유명한 두 학파의 가장

저명한 두 옹호자"인《에픽테토스와 몽테뉴에 관한 사시 씨와의 대담》에서, 자연 철학에 대해 한 방식과 유사하다(앞의 책, p. 151; p. 734). 한편에서는 에픽테토스와 금욕주의자들이 인간의 위대함을 강조하고, 다른 한편에서는 몽테뉴와 회의주의자 혹은 피론학파가 인간의 나약함을 제시한다. 한 학파는 오만을 나타내고, 다른 한 학파는 태만으로 이어지는 의혹을 나타낸다. 파스칼은 둘 다 해체한 후 각자에게서 좋은 것만 취한다.

"(…) 이 두 학파의 오류의 원천은 인간의 현재 상태가 창조 때의 상태와 다르다는 걸 몰랐다는 데 있다. 그래서 한쪽은 인간의 최초의 위대함의 몇몇 흔적을 강조하고 부패를 무시하면서 그 본성을 개선의 필요성이 없는 건전한 것으로 다루어 결국 오만의 극치에 이르는 결과가 되었고, 다른 한쪽은 현재의 비참을 확인하고 최초의 존엄을 무시하면서 본성을 불가피하게 허약하고 개선 불가능한 것으로 다루어 결국은 성급하게도 진정한 선에 도달할 수 없다는 절망에 잠겨 극도의 무기력증에 빠져드는 결과에 이르렀다. / 이처럼 이 두 상태는, 온전한 진실을 보기 위해서는 그 둘을 함께 알아야 하나 따로따로 인식함으로써, 필연적으로 오만과 무기력이라는 두 악덕 중 어느 하나로 귀결된다. 비겁하게도 자신들의 타락 속에 그대로 머무르거나, 그렇지 않으면 자만심으로 거기에서 빠져나오거나 하는 것이 인간이기에, 오만과 무기력은 은총을 입기 전에는 모든 인간이 처할 수밖에 없는 두 악덕이기 때문이다."(앞의 책, p. 152; p. 735)

한쪽이 인정하는 인간의 위대함과 다른 쪽이 진술하는 비참을 조합하면 오만도 무기력도 예방하게 될 것이다.

"그러므로 한쪽이 인간의 의무를 알되 그 무력함을 몰라 오만에 빠지고, 다른 쪽이 무력함을 알되 의무를 몰라 태만 속에 거꾸러지고 하는 일은 이런 불완전한 지혜 때문에 생기는 것이다."(앞의 책, p. 153; p. 735)

장차 《팡세》의 방법이 될 이 방법, 스토아학파와 피론학파 둘 중 어느 쪽도 지지하지 않는 그의 방법과 인간의 이중적 조건에 대한 입문용으로 이보다 더 나은 글은 없다.

"그러므로 오만한 자여, 그대가 그대 자신에 대해서도 얼마나 역설적인 존재인지를 알아야 한다! 무능한 이성이여, 겸손하라! 어리석은 본성이여, 입을 다물어라! 인간은 무한히 인간을 초월한다는 것을 배우고, 그대가 모르고 있는 그대의 진정한 조건이 어떠한지 그대의 주인에게서 들어보아라. / 신의 말씀에 귀 기울여라."(164-131)

이보다 더 멋진 변론은 없다. 마르크스주의자들이 왜 그를 예찬하는지 이해가 가지 않는가.

22

"숭고한 인간혐오자"

빛의 세기의 사람들은 파스칼에게 당황했다. 한편으로 그들은 진공의 존재를 발견하고 확률 계산법을 발명한 그의 과학적 재능에 경의를 표했다. 그러나 다른 한편으로는, 기적을 믿고 효능 은총의 필요성을 이론화하고 포르루아얄 수도원의 엄격한 도덕을 옹호한, 시대에 역행하는 이 신자를 비난했다. 그들은 이 당혹스러운 상황을 그가 미친 거라는 가설로 해소했다.

볼테르는 1741년에 이렇게 쓴다. "파스칼은 언제나 자기 의자 옆에 심연이 있다고 믿었습니다. 그렇다고 우리가 그와 같은 식으로 상상해야 하는 걸까요? (⋯) 결국은 우울 때문에 파스칼의 이성이 길을 잃은 것 같습니다⋯. 어쨌든 기질이 섬세하고 슬픈 상상력을 지닌 파스칼 같은 사람이, 나쁜 건강 탓에 결국 뇌 기관에 탈이 나게 된 것은 놀라운 일이 아닙니다"(1741년 6월 1일, 그라브장드 씨에게 보낸 편지). 하지만 파스칼이 자기 왼쪽에 있다고 상상했다는 그 심연의 전설은 그가 죽고 오랜 세월이 흐른 후인 1737년 이전에는 거론된 적이 없다(I, p. 969).

18세기의 자유사상가들은 파스칼이 뇌일리 다리 위에서 마차 사고를 겪은 뒤부터 트라우마에 시달렸을 거라고 믿었다. 말들이 재갈을 풀고 날뛰다가 센 강에 뛰어들자 마차가 허공에 매달렸고, 그런 상황에서 파스칼은 공포에 질린 채 죽음이 다가오는 걸 보았다고 한다. 이에 따른 정신적 혼란으로 인해 파스칼이 '불의 밤'의 환영을 보고 "완전한 고독 속에서 살기로" 마음먹었으리라는 것이다(앞의 책, p. 885). 한데 이 이야기가 등장한 것도 하필이면 1740년에 이르러서이다.

콩도르세는 《팡세》에 수록된 많은 단편에 정신착란이나 심지어 광기의 흔적마저 나타난다고 본다. 파스칼이 물리학과 수학을 포기하고 나서 망상가가 되어버린 것 같았던 모양이다. 1776년에 볼테르는 콩도르세에게 이렇게 쓴다. "결국 블레즈 파스칼은 극도의 정신력에 도달함과 동시에 극도의 광기에 이르렀던 게 아닐까요? 이는 좀 살펴볼 필요가 있을 듯한데, 아마 우리는 거기에서 이상한 결론들을 도출할 수 있을 겁니다." 이미 볼테르는 1734년에, 26번째 《철학 서한Lettre philosophique》에서 이렇게 주장했다. "감히 나는 이 숭고한 인간혐오자에 맞서 인류의 편에 서고자 합니다."

심연과 뇌일리 다리에서의 사고는 과학인을 구제하고 신자를 비난하게 했다. 콩도르세는 1776년에 《광세》를 다시 펴내면서, 1740년에 처음 등장한 '메모리알'을 "신비적 부적"이라고까지 표현했다.

질베르트 파스칼이 쓴 《파스칼 씨의 생애》는 쇠약해진 그의 건강에 대한 전설이 널리 퍼지는 데 한몫했다. "불편한 점이 여러 가지였으나 특히 그는 액체로 된 것은 따뜻하지 않으면 삼키지를 못했다. 삼키더라도 한 방울씩만 삼킬 수 있었다. (…) 그 외에도 견디기 힘든 두통에 시달렸고, 심한 내장열과 다른 많은 통증에 시달렸다"(초판, I, p. 581; p. 57).

그의 질녀 마르그리트 페리에는 18세기 초에 펴낸 《회상록Vic》을 통해 이 같은 신화를 보완했다. 그녀는 파스칼이 두 살 무렵에 큰 병에 걸렸었다고 전한다. 물을 보는 걸 힘들어했고 "아버지와 어머니가 서로 가까이 있는 것"을 보는 것도 못 견뎌 했다. 그 후 그는 "요즘 파리 사람들이 '성골함에 빠졌다'라고 표현하는 상태와 유사한 무기력 상태"에 빠졌고, 얼마나 쇠약해졌던지 밤에 잠을 잘 때면 마치 죽은 것 같았다고 한다. 그의 집에 자주 드나들던 어느 부인이 그에게 주문呪文을 하나 붙여둔 모양인데, 그녀는 에티엔 파스칼의 압박에 눌려 그 주문을 고양이에게 옮겨붙일 수밖에 없었다고 한다. 이 일화는 놀랍다. 블레즈의 아버지는 법률가였고 합리적인 수학자였다. 그녀의 말이 사실이라면, 이 계몽된 사람에게도 과학과 미신이 공존했던 셈이다(앞의 책, p. 1091-1093).

우리는 파스칼이 무슨 병으로 서른아홉의 나이에 죽었는지—암이었는지 결핵이었는지—, 자클린은 또 무슨 병으로 서른여섯의 나이에 죽었는지 알지 못한다. 빛의 세기가 지난 후, 고통으로 괴로워한 이 비극적인 병든 천재의 명예를 회복시킨 것은 낭만주의였다. 파스칼의 문학과 과학 작품에 과연 병이 영향을 주었는지

의심한 이는 합리주의 자유사상가 생트뵈브[19]뿐이다.

"파스칼의 여러 기이한 신경증과 그것이 그의 기분이나 생각에 영향을 미쳤으리라는 점을 부인하려는 건 아니지만, 후대에 전해진 여러 가지 정보와 시간적 거리를 두고 볼 때, 거기에는 요즘 사람들이 통상 '진단'이라고 칭하는 그 어떤 것도 들어설 여지가 없다는 게 우리 생각이다. 사실 사람들은 그를 신경병 환자로 보지만, 파스칼이 도덕적 의식이나 오성의 측면에서 끝까지 온전한 상태에 있었다는 사실이 우리에겐 오히려 긍정적으로 보인다. 그 밖의 일에 대해서는 우리로서는 알 수가 없다"《포르루아얄 수도원》, 1848).

하지만 그런 생트뵈브도, 마르그리트 페리에를 치유했고 1656년에 포르루아얄 수도원의 무죄를 증명했으며 《팡세》의 첫 번째 계획을 기적에 대한 논설로 잡게 하는 계기가 된 '성스러운 가시'의 기적에 대해서만큼은 볼테르나 콩도르세처럼 회의론을 폈다.

---

19 Charles Augustin Sainte-Beuve(1804~69), 19세기 프랑스의 시인·문예 비평가.

23

"오락이 없는 왕"

오락divertissement은 파스칼이 《팡세》 서두에서 제시한
인간학의 주된 개념 중 하나다. 이 말은 다양한 여가
활동이나 취미 활동을 가리키는 오늘날의 통속적 의미
가 아니라 훨씬 더 심각한 의미를 지니며, 파스칼에게
서 자주 나타나는 역설적인 의미도 지니고 있다. 즉, 인
간에게 오락은 생의 비참을 외면하는 것─말 그대로
자신을 다른 데로 돌리는 것se divertir─이요, 자기 조
건의 허무를 자기 자신에게 감추는 것이요, 권태와 불
안을 모르는 체하는 것이다. 여기서 권태와 불안은 깊
은 번민처럼 아주 강한 의미로 이해해야 한다. 신의 진
리를 추구하지 못하도록 가로막는 원흉이 바로 오락이
며, 파스칼이 이를 그토록 강조하는 이유는 오락이 그
의 호교론 계획에 드리우는 장애를 뒤엎어야 하기 때

문이다.

《팡세》의 '오락' 묶음 속의 한 단편은 이렇게 말한다. "사람들은 죽음과 비참과 무지를 치유할 수 없었기 때문에, 행복해지기 위해서, 그런 일들을 절대 생각하지 않을 방법을 찾아냈다"(166-133). 또 "오락이 없는 왕은 비참으로 가득한 인간이다"(169-137)라는 표현도 있는데, 이를 장 지오노는 자신의 가장 훌륭한 소설 한 편의 제목으로 삼았다. 오락은 파스칼이 일종의 감옥처럼 묘사하는 이 세계, 우리가 달아나려 하는 끔찍한 지하 독방 같은 이 세계를 보지 않을 수 있게 해준다. 한데 이런 역설이 있다.

"다툼을 낳고 열정을 낳고 대담하되 종종 결과가 좋지 않은 갖가지 사업을 낳는 사람들의 온갖 소동騷動이라든가 그들이 궁정에서나 전쟁터에서 직면하는 위험과 수고 등을 이따금 생각해보면서, 나는 종종 이렇게 이야기하곤 했다. 인간의 모든 불행은 단 한 가지, 방안에 가만히 머물러 있을 줄 모르는 데서 오는 거라고."(168-136)

그렇다. 은퇴하고, 멈추고, 휴식을 취한다는 건 얼마나 좋은 일인가! 고대의 지혜는 그것을 이상으로 꼽았다. 하지만 천만의 말씀, 휴가나 은퇴만큼 우리에게 두통을 일으키고 혼란을 유발하기 좋은 것은 없다고 '이면의 사고'가 우리에게 상기시킨다. 멈추는 그 순간부터 우리는 우리의 조건에 직면한다.

> "(…) 그러나 내가 좀 더 엄중히 생각해보고, 우리의 모든 불행의 원인을 발견한 후 그 이유를 찾아내고자 했을 때, 나는 거기에 아주 실제적인 한 가지 이유가 있다는 걸 알게 되었다. 죽는 존재인 우리의 취약한 조건에서 오는 자연적인 불행이 그 이유로, 그것은 너무나 비참하여 그것에 대한 엄중한 생각에 빠지면 그 무엇도 우리를 위로해줄 수 없다."(앞의 책)

그래서 우리는 움직인다. 여기서 파스칼은 다시 한 번 '현상의 이유'에 따라 나아간다. 즉, 도덕가의 첫 번째 설명은 너무 단견이고, 은퇴는 평화를 주지 않는다. 추구하는 행복 대신 고통을 준다. 전쟁, 게임, 사냥 같은 인간의 소동은 우리가 우리의 운명에서 벗어나고자 할 때 찾는 불가피성으로 설명된다.

심지어 왕조차도 행복하지 않다.

"만약 그에게 오락이 없다면, 그래서 그가 자신이 어떤 존재
인지에 대해 곰곰이 생각하고 성찰할 수 있게 된다면, [왕이라
는] 그 따뜻한 천복天福도 결코 그의 기운을 북돋아 주지 못할
것이다. 필연적으로 그는 언제라도 일어날 수 있는 반역으로
자신이 위험에 처하는 장면을 상상하거나 불가피한 죽음이
나 질병을 떠올리게 될 것이다. 그래서 그도 오락이라는 것이
없다면 불행해질 것이다. 놀며 기분 전환을 하는 자신의 말단
신하보다도 더 불행해질 것이다."(앞의 책).

오락은 보편적이다. 그것은 왕도 유혹하고 농부도
유혹한다.

"노름이나 여인들과의 교제, 전쟁, 높은 직책 등이 그렇게도
추구되는 이유가 바로 여기에 있다. 거기에 실제로 행복이 있
어서가 아니고, 노름에서 따거나 토끼를 쫓아가서 잡아 돈을
버는 것이 진정한 행복이라고 생각해서도 아니다. 우리는 누

군가가 그것을 공짜로 준대도 원치 않을 것이다. 우리가 추구하는 것은 우리 자신의 불행한 조건에 대해 생각할 여유를 줄 그런 평화롭고 맥빠진 이용이 아니다. 전쟁의 위험도, 직책에 따르는 수고도 아니다. 우리가 추구하는 것은 우리 자신의 조건을 생각하지 않게 해주고 우리의 정신을 딴 데로 돌리게 해주는 소동이다."(앞의 책)

이처럼 오락은 터무니없는 게 전혀 아니요, 어쩌면 순리에 따르는 것이기도 하다. 오락이 없다면 인생은 견딜 수 없는 것이 될 수도 있으니까. 하지만 오락은 부단히 갱신되어야 한다.

"몇 달 전에 외아들을 잃은 데다 소송과 분쟁에 시달려 오늘 아침만 해도 그토록 힘들어하던 그 사람"이 "더는 그런 문제를 생각하지 않는" 것은 이 때문이다.

"[그는] 여섯 시간 전부터 개들이 열심히 뒤쫓는 그 멧돼지가 지나갈 장소를 살펴보는 데 온통 정신이 팔려있다. 그것으로 충분하다. 아무리 슬픔에 가득 차 있는 사람이라 해도 그를 어떤 오락에 빠져들게 할 수만 있다면, 그는 그동안만큼은 행복해한다. (…) 오락이 없다면 결코 즐거움이 없다. 오락이 있다면 결코 슬픔이 없다."(앞의 책; 453-522 참조)

훗날 볼테르는 《철학 서한》에서, 위 사람의 처신이 "아주 훌륭하다"고 말한다. 그 사람도 아는지 모르지만, "주의를 흩어버리는 것은 열을 다스리는 킨키나 무보다 더 확실한 고통 치료제다. 그러니 언제라도 우리를 구조할 준비가 되어 있는 자연을 비난하지 말자."

24

세 가지 질서

파스칼은 구별과 분류와 단계를 좋아한다. 1652년 스
웨덴의 크리스티나 여왕에게 자신의 계산 기계와 함께
보낸 편지에서, 그는 이 세상의 두 가지 질서[20], 육체의
질서와 정신의 질서를 구분한다. 육체의 질서에 속하는
군주들이 있는데, 권력을 행사하는 남자와 여자들이 그
들이다. 또 정신의 질서에 속하는 군주들이 있는데 학
문을 하는 남자와 여자들이 그들이다. 하지만 "정신이
육체보다 더 높은 질서에 속하며", 스웨덴의 크리스티
나 여왕은 "신성한 인격 속에 (…) 군주의 권위와 확고
한 학문"을 겸비한 사람이다(II, p. 924; p. 97-98).

　《팡세》에서는 질서가 육체, 정신, 애덕[21]의 세 가지로

20　프랑스어로는 ordre이다. '영역'이라는 뜻도 함께 가지고 있다.

나타난다. 다시 말하면 물질적 혹은 육체적인 질서, 지적인 질서, 영적인 질서가 그 셋이다. 장 메나르에 따르면, 이 셋이 파스칼 사상의 토대다.

"육체에서 정신에 이르는 무한한 거리는 정신에서 애덕에 이르는 무한히 더 무한한 거리를 상징figure으로 나타낸다. 애덕은 자연을 초월한 것이어서 그렇다. / 귀족들의 모든 광채는 정신을 추구하는 사람들에게는 아무런 빛도 비춰주지 못한다. / 정신적인 사람들의 권세는 왕이나 부자나 지휘관, 즉 육체적으로 위대한 모든 사람의 눈에는 보이지 않는다. / 신에게서 나온 것이 아니면 아무런 가치도 없는 지혜의 권세는 육체적인 사람들과 정신적인 사람들의 눈에는 보이지 않는다. 이것들은 서로 종류가 다른 세 가지 질서다."(339-308)

그러므로 이 세상에는 서로 넘나들 수 없는 세 질서가 존재한다. 육체의 질서는 모든 형태의 힘을 포함한다. 육체의 위인이란 왕자, 사령관, 부자 같은 이들이

---

21 프랑스어로는 charité이다. 신학에서 애덕은 신과 이웃에 대한 초자연적인 사랑을 가리킨다.

다. 학자, 발명가, 창작자는 정신의 질서에 속하는데, 파스칼에게는 아르키메데스가 그 모델이다. 끝으로 애덕의 질서는 신의 질서를 말한다. 질서와 질서 사이의 간격은 뛰어넘을 수가 없다. 정신의 위인들은 육체의 권세에 무감각하며 그 역도 마찬가지다. 또한 인간은 자연적인 힘으로는 제3의 질서, 애덕의 질서에 이르지 못한다.

"위대한 천재들은 그들만의 제국, 그들만의 광채, 그들만의 권세, 그들만의 승리, 그들만의 명성을 갖는다. 그래서 그들은 그들과 무관한 육체적 권세를 전혀 필요로 하지 않는다. 그들을 보는 건 육체적인 눈이 아닌 정신적인 눈이다. 그것으로 충분하다. / 성자들은 그들만의 제국, 그들만의 광채, 그들만의 권세, 그들만의 승리, 그들만의 명성을 갖는다. 그래서 그들은 육체적 혹은 정신적 권세를 전혀 필요로 하지 않는다. 그런 것들은 그들과 무관하다. 왜냐하면 그들은 그런 것들에 아무것도 덧붙이지도 제거하지도 않기 때문이다. 그들은 신과 천사들의 눈에 보일 뿐, 육체적인 존재들의 눈에도 호기심 많은 정신적 존재들의 눈에도 보이지 않는다. 그들에겐 신만

있으면 된다."(앞의 책)

이 세 질서 간의 분리와 불평등은 절대적이다. 즉, 어떤 한 질서의 권세는 상위의 질서에서는 완전히 무의미하다. 하위 질서는 상위 질서를 전혀 이해할 수 없다. 처음 두 질서(육체와 정신)와 세 번째 질서(애덕) 사이의 거리는 "무한히 무한하다."

하지만 이 세 질서는 구조가 같으며, 각자 자기만의 권세를 갖고 있다. 그래서 하위 질서들은 비록 상위 질서들을 이해할 수 없고 거기에 이를 수도 없지만, 상위 질서들에 대해 어렴풋한 관념을 품을 수는 있다. 즉 육체는 정신을 존경할 수 있고, 정신은 애덕이라는 것을 아주 조금이나마 떠올릴 수 있다. 육체에서 정신에 이르는 거리는 정신에서 애덕에 이르는 거리를 "상징으로 나타낸다"고 파스칼은 말한다. 이 '상징figure'이라는 말은 중요한 말이다. 이 말은 기하학적 의미만이 아니라 신학적 의미도 지닌다.《팡세》의 신학 관련 부분에 실린 여러 단편에 '상징'이라는 제목이 붙었고, 또 그것들 가운데 많은 것이 구약과 신약의 관계를 다룬 묶음 "율법이 상징적이었다는 것"에 들어 있다. 육체에서 정신에 이르는 거리는, 마치 구약이 신약을 예고하듯이, 정신에서 애덕에 이르는 거리를 "상징으로 나타낸다." 비록 그 두 번째 거리가 첫 번째 거리보다 "무한히 더 무한"하기는 하지만 말이다.

마지막으로, 이 세 질서에는 육체의 신앙, 정신의 신앙, 애덕의 신앙, 이렇게 세 형태의 신앙이 상응한다. 셋 가운데 영감에 따른 신앙은 마지막 신앙뿐이다.

"신앙을 갖는 방법에는 세 가지가 있다. 이성, 습관, 영감이 그것이다. 유일하게 이성을 지닌 기독교는 영감 없이 믿는 사람들을 결코 진정한 자녀로 인정하지 않는다. 이는 기독교가 이성과 관습을 배제해서가 아니라, 정반대로, 정신을 증거들에 열어두어야 하고, 관습으로 그것을 확고히 해야 하고, 겸손을 통해 자신을 영감에 맡겨야 하기 때문이다. 영감만이 참되고 유익한 결과를 가져올 수 있다."(655-808)

관습과 이성이라는 회심의 처음 두 방도는 인간이 자신의 힘으로 끌어올 수 있는 자연적인 방도다. 하지만 이것들은 부차적인 원인이다. 은총에 의한 영감이 제1원인, 신앙을 향한 마음의 내적 움직임이다. 그것은 초자연적이다.

비록 이 영역들은 공통된 측도가 없지만, 파스칼에게는 그것들 간의 상징적 관계를 유지하는 것이 아주 중요하다. 육체에서 정신에 이르는 거리가 정신에서 애덕에 이르는 거리를 상징으로 전혀 나타내지 못한다면, 자유사상가를 대상으로 하는 호교론 계획은 헛된 일이 될 것이다.

25

"마음은 자기만의 이유가 있다"

"마음은 이성이 결코 알지 못하는 자기만의 이유가 있다"(680-423). 너무나 멋진 이 금언을 들어보지 못한 이가 누구인가? 내기에 관한 전개의 여백에 등장하는 이 금언은 따지는 것을 반대하는데, 같은 쪽의 다른 한 문장은 그 이유를 이렇게 말한다.

"신을 느끼는 건 마음이지 이성이 아니다. 그것이 신앙이다. 신은 이성이 아니라 마음으로 느끼는 존재다."(680-424)

이성에 호소하는 내기는 마음이 은총을 입지 않으면 별 소용이 없다.

이성과 마음은 파스칼이 조금씩 조정해나가는 여러 중요한 구분 중의 하나다.《설득술에 대하여》에서 우리는 자연적인 진리들이 영혼 속으로 들어오는 두 가지 방법인 오성과 의지의 쌍을 만나보았다. 신성한 진리들은 신의 은총에 의해 영혼 속으로 들어온다고 파스칼은 덧붙였다. "정신에서 마음속으로 들어오는 것이 아니라, 마음에서 정신 속으로" 들어온다는 것이다(III, p. 413; p. 132). 오성과 의지 옆에, 다시 말해 지성과 욕망 옆에, 마음을 위한 자리 하나가 마련되어 있었던 것으로 이해하자.

《팡세》에서, 인간의 여러 능력은 약간 다르게 구성된다.

"우리는 이성에 의해서만이 아니라 마음에 의해서도 진리를 인식한다. 우리가 제1원리들을 인식하는 건 바로 마음에 의해서다. 아무 상관이 없는 이성의 추론이 그 원리들을 공격하려고 해봐야 부질없는 일이다."(142-110)

마음에 의해서, 다시 말해 본능이나 직관에 따라 우리는 공간, 시간, 운동, 수數 같은 제1원리들에 대한 확신을 품는다. 파스칼의 논지는 회의론자 혹은 피론 학파를 반박하는 것이다. 그들은 모든 것을 의심하지만 우리의 직접적인 감각들마저 의심하게 하지는 못한다.

"우리는 우리가 꿈을 꾸는 게 결코 아니라는 사실을 알지만, 이를 이성에 의해 증명할 수는 없다. 이런 증명 불능은 단지 우리 이성의 취약함을 결론지을 뿐, 그들이 주장하듯 우리의 모든 인식의 불확실성을 결론짓는 게 아니다."(앞의 책)

이처럼 마음은 자연적 진리들에 대한 직접적 인식을 주는바, "이성은 바로 그런 마음과 본능의 인식들에 근거해야 한다"(앞의 책). 마음은 공간이 3차원을 갖고 수가 무한함을 느끼지만, 이성은 어떤 제곱수는 다른 어떤 제곱수의 두 배가 될 수 없다는 사실 같은 것을 증명한다. 마음은 수동적 능력이지만, 이성은 능동적 능력이다. 따라서,

"원리들은 느껴지고, 명제들은 결론지어진다. 그렇게 비록 방도는 달라도 모든 것이 확실하게 이루어진다."(앞의 책)

파스칼과 함께하는 여름

파스칼은 신앙을 은총에 의해 정당화하기 위해서나 신앙을 이성에 대립시키기 위해서 특히 마음에 호소하지만, 그러나 결코 마음을 명확히 규정하지는 않는다. 《팡세》의 마지막 묶음에 실린 한 단편에서 그는 이렇게 판단한다. "신을 아는 것에서 신을 사랑하기까지는 얼마나 먼 길인가"(409-377). 호교론의 결론부가 되었을 이 묶음에서, 이성은 그만 손을 들어야 한다. 이성은 신의 은총 없이는 더는 아무것도 할 수 없기 때문이다.

> "(…) 마음의 느낌으로 신에게서 종교를 부여받은 이들은 아주 행복하고 아주 정당하게 설득된 것이다. 그러나 종교를 갖지 못한 사람들, 그들에게 우리는 신께서 그것을 마음의 느낌을 통해 그들에게 주시기 전까지는 오직 추론을 통해 줄 수밖에 없다. 마음의 느낌이 없다면 신앙은 인간적인 것에 그치고 구원에 도움이 되지 않는다."(142-110)

호교론자의 힘은 줄어들긴 했어도 완전히 없어진 건 아니다. 물론 그는 "마음의 느낌"으로 신앙을 불어넣을 수 없다. 그는 은총이 없는 불완전한, 인간적이고 합리적인 신앙만 제안할 수 있다. 그러나 신을 "찾도록 권고할" 수는 있다.《팡세》서두의 단편들 가운데 하나는 이렇게 말한다.

> "어느 친구에게 신을 찾도록 권고하기 위한 편지. 그러면 그는 이렇게 대답할 것이다. '찾는다고 무슨 소용이 있겠습니까. 아무것도 나타나지 않을 텐데요.' 그러면 그에게 이렇게 대답할 것. '절망하지 마시오.' 그러면 그는 이렇게 대답할지도 모른다. 어떤 빛을 찾는다는 건 행복한 일일 테지만, 바로 그 종교에 따르면 그런 식으로 신앙을 갖는 건 아무 소용이 없다고 하니 차라리 아예 찾지 않는 편이 좋겠다고. 그러면 이에 대해 그에게 이렇게 대답할 것. '기계 작용'."(39-5)

'기계 작용La machine'이란 신앙을 유인하는 신체적 행위들(무릎을 꿇는 것, 세례를 하는 것)을 가리킨다. 하지만 그런 기계 작용, 즉 관습이나 습관이 무엇을 할 수 있는가? 자유사상가는 그저 합리적이고 인간적이기만 한 신앙은 자신에게 어떤 도움도 되지 않으리라는 걸 안다. 오직 신만이 신앙을, "나는 안다Scio고 말하지 않고 나는 믿는다Credo고 말하게 하는" 신앙을 그의 마음속에 불어넣을 수 있다(41-7).

그렇지만 "마음은 자기만의 이유가 있다." 이 주장은 오늘날까지도 파스칼을 '감수성'과 '오성'을 분리하는 칸트의 철학 전통이나 합리적 선택 이론과 대립시키고 있으며, 감동과 정서에 대한 이 시대 이론가들, 즉 우리의 모든 판단과 결정에서 감동과 정서가 담당하는 역할을 분석하는 이론가들은 이 주장 때문에 파스칼을 자신들의 선구자로 여긴다.

26

"그것은 몽테뉴에게서가 아니라…"

파스칼은 순수주의자들과는 달리 말의 반복을 전혀 두려워하지 않는다. 예컨대 개인적 이기주의의 응집에서 기인하는 이 세상의 집단적 질서에 대한 아래 단편 같은 것이 그렇다.

> "사람들은 사욕私慾으로부터 치안이나 도덕, 또는 정의의 감탄할 만한 규칙들을 끌어내어 정당화했다. / 그러나 근본적으로, 인간의 이 나쁜 밑바탕FIGMENTUM MALUM은 감추어져 있을 뿐 제거되지 않았다."(244-211)

규정이라는 허울 아래에 악이 존속한다. 파스칼은 반복을 서슴지 않는다. 즉, 사람들은 근본적으로, 그 나쁜 밑바탕을 정당화했다는 것이다.[22]

《팡세》의 한 단편은 반복에 대한 그런 초연함을 이렇게 정당화한다.

"어떤 연설에서 반복되는 말들이 있을 때, 이를 수정하자니 그 말들이 너무 적절해서 고치면 연설을 망칠 것 같은 생각이 든다면 그대로 두어야 한다. 그것은 적절하다는 표시다. 사실 거기에는 시기심의 몫이 있다. 시기심은 맹목적이어서 반복이 그곳에서는 오류가 아니라는 것을 모른다. 일반적 규칙이라는 것은 존재하지 않는다."(452-515)

이는 과학자다운 말이다. 말이 적합하고 적절한데도, 좀 덜 적절한 다른 말로 대체한다면 연설은 한층 더 모호해질 것이다. 그렇다면 반복이 유사한 동의어로 대체하는 기교보다 더 나은 것이 된다. 파스칼은 모든 반복을 금하는 일반적 규칙을 거부하며 그가 받게 될지도 모를, 잘못된 반복을 했다는 비난을 시기심의 탓으로 돌린다. 어떤 말을 덜 적합한 다른 말로 대체하

---

22 원문을 보면, 짧은 한 문장(Un a fondé, dans le fond, ce vilain fond.) 안에서 같은 말이 세 번 반복된다.

는 것보다는 반복이 더 낫다.

파스칼은 반복 색출 강박증이 있었던 플로베르가 아니다. 반복은 그의 자연적인 문체의 지표다. 저자 뒤에 숨지 않는 한 인간의 표시다.

"사람들은 자연스러운 문체를 보면 매우 놀라고 기뻐한다. 왜냐하면 한 사람의 저자를 보리라고 기대했다가 한 사람의 인간을 발견하기 때문이다. 반면 안목 있는 사람들은 책 읽기에서 한 사람의 인간을 발견하리라고 생각했다가 한 사람의 저자를 발견하고서 깜짝 놀란다."(554-675)

또한 그는 "저자만을 위한 것은 모두 무가치하다"(650-798)라고 말하기도 한다.

"어떤 자연스러운 연설이 어떤 정열이나 어떤 인상을 그릴 때, 사람들은 자신이 듣는 얘기의 진실, 전에는 있는 줄 몰랐던 그 진실을 자기 자신의 내부에서 발견하게 된다. 그래서 사람들은 우리에게 그것을 느끼게 해준 사람을 좋아하게 된다. 왜냐하면 그가 우리에게 보여준 것은 결코 그의 행복이 아니라 바로 우리의 행복이기 때문이다. 이 행복이 그를 사랑스러운 존재로 만든다. 나아가서는 우리가 그와 공유하는 지성의 공동체도 당연히 그를 사랑하는 쪽으로 마음을 기울이게 된다."(536-652)

자연스러운 문체는 연설 기법의 초월로 나타난다. 단순성을 향해 나아가는 진행 단계에서 기법의 소거로 나타난다. 그것은 고전주의 시대에 살롱에서 정리된 대화술을 상기한다. 훗날 라 브륀티에르가 말하듯이, 교양인은 정신을 분만하는 소크라테스의 산파술 같은 교수법에 기대어, 자신이 말하고자 하는 바를 "다른 사람들이 찾아내게" 한다("사회와 대화에 대하여"). 대화 상대가 스스로 이해하여 결론을 도출하게 해준다면 연설은 더욱더 효과적일 것이다. 그 이유를 파스칼은 이렇게 말한다.

"사람들은 보통 다른 사람들의 정신에서 나온 이유보다는 자기 자신이 찾아낸 이유에 의해 더 잘 설득된다."(617-737)

《설득술》에서 이미 파스칼은 이렇게 주장했다. "최고의 책은 그 책을 읽는 사람이 자기도 그런 책을 쓸 수 있었을 거라고 생각하게 되는 책이다"(III, p. 427; p. 144). 파스칼은 자연스러운 문체로 자신을 표현하고 반복을 금하지 않기 때문에, 그의 글을 읽을 때는 그가 추구하는 진실들을 마치 내가 나 자신 속에서 찾아내는 것만 같고, 추구하는 사람이 그가 아니라 나이기라도 한 듯 그의 얘기를 듣는다.

파스칼은 자신에게 많은 영감을 준 몽테뉴를 바로 그런 식으로 읽었다. 그는 자신의 독서법을 옹호하면서 이렇게 주장한다. "내가 몽테뉴에게서 보는 모든 것, 그것을 나는 그에게서가 아니라 바로 나 자신에게서 발견한다"(568-689). 파스칼은 몽테뉴를 표절하는 게 아니라, 그에게서 자신을 다시 발견하고, 자신을 기억해내며, 자신을 인식한다. "몽테뉴는 그의 글 스승이었다"라고 장 메나르는 말했다.

훗날 프루스트는 이렇게 지적한다. "작가가 하는 '나의 독자에게'라는 말은 단지 서문과 헌사의 진지하지 않은 언어로 하는 습관적인 말일 뿐이다. 사실 책을 읽을 때, 독자는 모두 자기 자신을 읽는 독자다." 몽테뉴에 이어, 이미 파스칼도 독서를 다른 사람의 책에서 자기 자신을 읽는 행위로 생각했다.

27

세 가지 사욕

파스칼은 구분과 분류를 좋아한다. 정의와 힘, 마음과 이성처럼 둘로 구분하거나, 육체·정신·애덕처럼 셋으로 구분하기도 한다. 파스칼의 중요한 3단 구성이 또 하나 있는데, 바로 세 가지 사욕邪慾이 그것이다.

> "세상에 있는 모든 것은 육신의 사욕이거나 눈의 사욕이 거나 생의 오만이다Libido sentiendi, libido sciendi, libido dominandi."(460-545)

상기해보자. 사욕은 아담의 원죄, 즉 신에 대한 사랑을 대체하는 피조물에 대한 사랑과 더불어 생겨난다. 그것은 애덕의 정반대다. 이 세 가지 사욕의 출발점은 사도 요한의 첫 번째 서한의 인용문인데, 르메트르 드 사시는 그것을 이렇게 옮긴다. "이 세상에 있는 모든 것은 육신의 사욕이거나, 눈의 사욕이거나, 눈의 오만이다"(I 요한, II, 16).

성 아우구스티누스는 성 요한의 이 3단 구성을 리비도 혹은 욕망이 취할 수 있는 세 가지 형태와 등치 관계에 두었다. 육체의 탐욕, 눈의 탐욕, 즉 앎에 대한 호기심, 그리고 권력에 대한 탐욕이 그 셋이다. 파스칼은 성 아우구스티누스의 생각을 따른다. 아우구스티누스에게 사욕은 단지 신체적 자연에만 속하는 것이 아니라, 호기심과 오만도 낳으며, 장세니우스는 이것들이 "모든 악덕과 범죄가 흘러나오는" 인간의 부패의 세 원천이라고 말했다.

육체의 사욕, 혹은 '감각의 욕망libido sentiendi'은 쉬 이해가 된다. 그것은 쾌락의 유혹이요, 관능에 대한 무절제한 욕망이다.

호기심 혹은 '지식의 욕망libido sciendi'은 앎에 대한 과도한 의지다. 정당한 학문을 알고자 하는 의지가 아니라, 인간이 알아서는 안 될 것을 파헤치려는 의지다. 나쁜 학문은 신성한 진리들에 대한 인식을 추구하는

데, 그런 진리들은 인간 정신을 위한 것들이 아니다. 인간의 자연적 역량을 넘어서는 것들이기 때문이다. 신의 비밀을 파헤치려 해서는 안 된다. 뱀은 "당신은 선과 악을 알아 신들처럼 될 것이다eritis sicut dii scientes bonum et malum"라고 말하며 이브를 유혹한다(창세기, III, 5, 르메트르 드 사시 역).

끝으로 오만, '지배의 욕망libido dominandi' 혹은 권력의 유혹, 권력 의지는 모든 사욕의 원동력이다. 원죄도 사실은 오만의 죄, 신에 대한 오만한 반항이었다는 점에서 그렇다. 여기서 우리는 권세와 힘에 대한 파스칼의 분석을 다시 보게 된다. 즉 위인들의 오만, 부자들의 오만은 자신들이 힘을 가졌다는 생각 속에 있다.

이 세 가지 사욕은 《팡세》의 한 단편에 나타나는 세 가지 질서와 가까운데, 파스칼은 그 단편을 어느 묶음 속에 분류하여 넣지는 않았다.

"육체의 사욕, 눈의 사욕, 오만 등.

사물의 세 질서가 있다. 육체, 정신, 의지가 그 셋이다.

육체적 존재들은 부자들, 왕들이다. 그들은 육체를 목표로 한다.

호기심 많은 이들과 학자들, 그들은 정신을 목표로 한다.

현자들, 그들은 정의를 목표로 한다.

(…)

육체의 사물들 속에서는 본래 사욕이 지배한다.

정신적인 것들 속에서는 본래 호기심이 지배한다.

지혜 속에서는 본래 오만이 지배한다."(761-933)

즉 지혜는 겸손을 보장하지 않으며 오만을 배제하지 않는다. 그래서 여전히 신앙을 향해 나아가는 단계들이 필요하다.

이처럼, 이 세 가지 사욕은 우리의 조건을 규정한다. 우리는 겸손과 난행고행難行苦行으로 이를 치유한다. 종교는 사람들에게 "그들 과거의 위대함의 잔재로 남은 내면적 감정을 통해 자신을 높일"(240-208) 수 있게 해주고, 사욕과 일체가 된 절망과 싸울 수 있게 해주고, 비참과 위대함 사이의 중간, 즉 상반된 두 진리의 일치를 추구할 수 있게 해준다. 이 중간은 아리스토텔레스의 중용이 아니라, 그리스도가 신과 인간의 중개자

라는 의미에서의 중간이다. 예수는 전적으로 인간이자
전적으로 신이다.

> "이 세 줄기 강이 물을 대주는 게 아니라 불을 지르는 저주의
> 땅에 화禍가 있으리라! 이 강들 위에 있으면서도, 가라앉지도
> 휩쓸리지도 않으며, 서 있는 게 아니라 안정된 낮은 자세로,
> 이 강들 위에 흔들림 없이 확고부동하게 앉아 있는 사람들에
> 게 복이 있으리라!"(460-545)

파스칼은 '불의 밤' 이후, 육체와 돈과 과학과 영광
에서 초탈하여, 위의 세 욕망에서 구조된 사람이었다.
그래서 궁금하다. 1968년에 프랑스 은행의 누가 프랑
스의 가장 비싼 지폐에 그의 초상화를 넣는다는 기이
한 아이디어를 냈는지, 이따금 우리의 지갑 속에서 보
던 '500프랑짜리 파스칼' 지폐를 만들 생각을 했는지
말이다.

28

예정설의 신비

은총은 기독교의 가장 큰 신비다. 포르루아얄 수도원을 정당화하기 위해 파스칼은 수학자의 엄밀함과 논리학자의 방법을 동원하여 그 신비를 밝히고자 했다.

> "참회 없이 깨끗함을 받은 죄인들, 애덕 없이 거룩하게 된 의인들, 예수 그리스도의 은총 없이 기독교인이 된 모든 이들, 인간의 의지에 아무런 권능도 없는 신, 신비 없는 예정설, 확신 없는 구제주."(439-864)

파스칼이 작성한 제수이트들의 오류 목록은 위와 같다. 그들에 맞서 그는 최종 회심 직후인 1655년부터 쓰기 시작한 《은총에 관한 논설》에서 자신의 교의를 가다듬은 후, 《시골 친구에게 보내는 편지》라는 비방의 글을 작성하게 된다.

제수이트들에 따르면, 기독교인이 구원을 받는 데는 충분 은총으로 충분하다. 반드시 신이 그들에게 효능 은총을 주지 않아도 된다. 포르루아얄 수도원 사람들은 그들이 성 아우구스티누스가 맞서 싸웠던 펠라기우스의 이단을 되풀이하는 거라고 말한다. 펠라기우스는 자신의 구원을 위해 노력하는 인간의 자유를 지나치게 중시하고 신의 은총은 충분히 중시하지 않았다. 모든 기독교인은 자신의 자유의지를 행사하여 자신의 힘으로 신성함에 이를 수 있다는 게 그들의 생각이다. 신의 은총이 필요불가결한 건 아니라는 얘기다. 성 아우구스티누스는 펠라기우스의 생각에 맞서 은총에 의한 구원의 우월성을 주장한다. 그가 보기에 펠라기우스파의 교리는 이단이다. 만약 인간이 신의 계명을 수행하는 데 자기 자연의 힘만 필요하다면, 예수 그리스도의 십자가 위에서의 희생은 헛된 일인 것이다.

신의 은총과 인간 자유의 관계라는 문제는 칼뱅주의자들이 절대적 예정설을 주장했을 때 다시 한번 논란의 대상이 되었다. 이에 대해 트리엔트 공의회는 그들이 자유의지를 없애버린 점을 비난하는 한편, 은총이 없는, 노력에 의한 구원 가능성 역시 비난했다. 한데 제수이트들, 적어도 파스칼이 묘사하는 그 제수이트들이 보기에, 자신의 자유의지를 행사하여 구원을 받느냐 받지 못하느냐 하는 건 인간에게 달린 문제다. 그들은 휴머니즘의 영향을 받은 데다 신교에 맞설 목적으로, 성 토마스가 추인했던 성 아우구스티누스의 교리와 단절한다. 그 교리에 의하면, 오직 신만이 은총을 내리거나 내리지 않거나 하여 구원받을 자와 구원받지 못할 자를 결정한다.

제수이트와 장세니스트 간의 갈등 밑바탕에는 (신이 모든 인간에게 내린) 충분 은총과 (신이 선택된 자들에게만 내린) 효능 은총의 구분이 있다. 파스칼과 장세니스트들의 견해는 신이 은총을 내린 이들만 구원을 받는다는 것이다. 오직 신의 은총만이 우리를 신앙에 들게 할 수 있고 신앙을 지속하게 할 수 있다. 자질과 노력만으로는 선택된 자들에게만 주어지는 은총에 이를 수 없다. 구원의 특권을 노력으로 돌리는 제수이트들이 좀 더 인간적으로 보이지만, 파스칼은 《시골 친구에게 보내는 편지》에서 그들을 이렇게 조롱한다.

"그렇다면 신부님, 모든 사람에게 주어진 이 은총은 '충분한' 건가요? 그렇다고 그가 말한다. 그렇지만 '효능 은총이 없으면' 이 은총은 아무 효과도 내지 못하는 거지요? 그것도 사실이라고 그가 말한다. 그렇다면 모두가 '충분 은총'을 가지고 있다 해도 모두가 '효능 은총'을 가지는 건 아니겠네요? 하고 내가 계속 묻는다. 그렇다고 그가 말한다. 그래서 내가 말한다. 그렇다면 신부님, 신부님 말씀은 모두가 은총을 충분히 받고, 또 모두가 은총을 충분히 받지 않는다는 거네요. 다시 말하면 은총은 충분하지 않지만 충분하다는 얘기고요. 다시 말해 명칭으로는 충분하지만, 실제로는 충분하지 않다는 거지요."(《시골 친구에게 보내는 편지》의 (두 번째 편지), p. 285)

은총의 신비는 여전히 불가해하다. 모두가 구원받거나 모두가 저주받았다면 신비는 없을 것이다. 어떤 사람은 구원받고 어떤 사람은 저주받는다면, 이는 신의 정의와 연민으로만 설명될 것이다. 신비는 바로 여기, "둘 다 똑같이 죄가 있거나"(《은총 논고》, III, p. 610) 혹은 둘 다 똑같이 정의로운데, 신이 어느 한쪽은 구제하고 다른 쪽은 구제하지 않는다는 데 있다. 그들의 노력은 헤아리지 않고 말이다. 성 아우구스티누스는 신의 판별을 "정의로우나 감추어진 판단"(앞의 책, p. 611)에 따른 것으로 보고, 파스칼은 신이 "감추어진 불가해한 판단"(《계명의 가능성에 관한 편지Lettre sur la possibilité des commandements》, III, p. 682)에 따라 선택된 자들을 선택한다는 사실을 상기한다. 신앙을 지속시켜주는 은혜에도 큰 신비가 있다.

> "(…) 두 의인 중 한쪽은 신앙을 지속하고 다른 쪽은 지속하지 않는 이유도 절대적으로 이해할 수 없는 비밀이다."(앞의 책, p. 671)

파스칼의 탁월한 논법에도 불구하고, 은총에 대한 장세니스트의 교리는 모호하다. 은총과 자유, 예정설과 노력의 관계는 불가해한 것 같다. 개인의 자유를 부인하는 것은 이단이고, 은총의 필요성을 부인하는 것도 마찬가지다. 여기서도 역시 파스칼은 은총에 대한 장세니스트의 교리를 상반된 진리들의 일치로 제시하며 빠져나온다. 즉 우리는 예정된 존재들이며, 우리는 자유롭다는 것이다. 이는 기하학을 포기하는 것 아닌가?

"신은 자신이 선택하고 예정한 존재들만 구원하기 위해 예수 그리스도를 보내셨다 (…). 예수 그리스도께서 돌아가신 건 오직 그들을 구원하기 위함일 뿐, 다른 사람들을 구원하기 위해 돌아가신 것이 아니다. 다른 사람들은 세상의 정의로운 파멸로부터 해방되지 않았다."

파스칼은 《은총 논고》에서 그렇게 판단한다(《예정설론》, 앞의 책, p. 788).

신의 선의를 인정하지 않는 듯한 이 주장은 교황이 1653년에 내린 교서 '쿰 오카시오네'에 의해 유죄로 선고받은 그 다섯 가지 명제에 포함된다. 우리는 이 주장이 우리의 이 지상 세계에 대해 제수이트들보다 좀 더 현실적인 비전을 제시한다고 생각할 수 있다. 이 세계는 은총이 단지 '행운', 즉 생의 불공정성이나, 사람들의 운명의 불평등성의 다른 이름에 불과한 세계가 아닌가.

29

'성스러운 가시'의 기적

《팡세》에는 기적을 다룬 단편들이 많다. 사실 파스칼은 호교론 계획을 구상한 때인 1658년에 그 단편들을 따로 보관했다. 그 단편들의 존재는 파스칼이 호교론을 인간학, 즉 신 없는 인간의 조건에 대한 초상으로 시작할 결심을 하기 전까지는 기적에 관한 글로 시작되었음을 우리에게 상기해준다.

문제는 이렇다. 진리란 숨김없이 드러나는 게 아니어서, 진리를 증언하는 기적들은 아주 유용하다. 하지만 진짜 기적과 가짜 기적을 구분하기가 어렵고, 심지어 불가능하다고까지 말할 수 있는데, 진리란 바로 그렇게 숨어 있는 것이기 때문이다. 사람들이 기적을 남용할 수 있는 것도 그래서다.

"이곳은 결코 진리의 나라가 아니다. 진리가 알려지지 못한 채 사람들 가운데서 방황하고 있다. 하느님께서는 이 진리를 베일로 덮어놓으심으로써 자신의 음성을 듣지 못하는 사람들이 진리를 모르는 상태에 있도록 내버려 두었다. 이곳은 공공연하게 신성모독의 장소가 되고 있다 (…). 교리가 사람들이 교리를 모독하기 위해 남용하는 기적에 의해 지탱되어야 한다는 건 하나의 진리다. 그러다 정작 기적이 일어나면, 사람들은 기적은 교리 없이는 충분치 않다고 말하는데, 이는 기적을 모독하기 위한 또 다른 진리다."(425-840)

파스칼이 기적에 그토록 관심을 둔 이유는 아주 가까운 곳에서 그에게 영향을 끼친 하나의 기적이 바로 그의 호교론 계획의 기원이기 때문이다. 그의 질녀이자 대녀인 마르그리트 페리에는 파리의 포르루아얄 수도원에 기숙하고 있을 때 의사들이 고칠 수 없는 병을 앓고 있었다. 당시 그녀 나이는 열 살이었다. 처음에는 한쪽 눈에서 뭔가가 '몇 방울' 흘러내리더니 감염이 코와 입으로 심한 악취를 내며 확산했다. 그녀의 어머니인 질베르트는 1656년 3월 24일의 그 사건을 이렇게 전한다. "바로 그때 하느님께서는 내 딸의 누낭염을 치유하고자 하셨다. 그 눈병은 3년 반 동안 아주 넓게 퍼져 눈에서만이 아니라 코와 입에서도 고름이 흘러나왔다. 병의 상태가 너무나 나빠 파리의 가장 뛰어난 외과의들도 치료가 불가능하다고 판단했다. 하지만 딸이 '성스러운 가시'를 만지자 한순간에 병이 치유되었는데, 이 기적은 당시의 모든 이가 인정한 진짜 기적이었다. 대단히 저명한 의사들과 프랑스에서 가장 뛰어난 외과의들의 검증을 받았고, 교회의 성대한 판결로 인가받은 기적이었다"《파스칼 씨의 생애》, 초판, I, p. 583; p. 59).

그 기적은 꼭 필요한 순간에 일어났다. 포르루아얄 수도원이 교권의 공격을 받고 있던 때였기 때문이다. 1656년 10월에 파리 대주교가 조사한 후 인가한 이 기적은 큰 울림을 낳았다. 당시《시골 친구에게 보내는 편지》를 집필 중이던 파스칼은 이 기적에서 포르루아얄 수도원 옹호론을 끌어냈다.

"여기에 하나의 성유물이 있다. 우리를 위해 흘리신 피 그 자체의 힘으로 기적을 일으키시는, (…) 이 세상을 구원하신 이가 쓰신 가시 면류관의 가시 하나다. 하느님께서 친히 그의 능력을 빛내시기 위해 이 집을 선택하신 것이다."(434-854)

그러므로 진리가 장세니스트들 편이라는 사실은 의심의 여지가 없다.

"이 집은 하느님의 집이다. 왜냐하면 하느님이 여기에서 이 적異蹟을 일으키셨기 때문이다. 다른 사람들은, 다섯 명제가 장세니우스의 책에 있다고 믿지 않는 곳이니 이 집은 결코 하느님의 집이 아니라고 말한다. 어느 쪽이 더 명백한가?"(435-855)

반면 그들의 적은 악의를 지녔다.

"하느님께서 눈에 띄게 보호하시는 이들을 박해하는 불의한 자들."(438-859)

한쪽에서는 이 기적을 포르루아얄 수도원에 우호적인 징표로 해석했고, 다른 쪽에서는 하나의 사기로 보았다. 그러므로 무신론자들을 설득하기 위한 파스칼의 호교론 계획은 기적에 관한 성찰로 시작되었다고 할 수 있다. 질베르트에 따르면, "그것은 그에게 무신론자들의 가장 강력한 주요 논증들을 논박해야겠다는 극도의 욕망을 탄생시킨 계기였다. 그는 그 논증들을 대단히 세밀하게 연구했으며 그들을 설득시킬 수단을 찾는 데 온 정신을 집중했다"(I, p. 584; p. 59-60).

파스칼은 기적의 조건과 증거 등, 기적들을 규정하고자 했다. 그는 그런 단편들을 하나하나 모아나가다가, 1658년 6월 분류 작업 때 그것들을 한쪽에 치워버리고는 호교론 계획을 전혀 다르게 규정했다.

"사람들은 종교에 대해 경멸감을 품고 있다. 그들은 종교를 증오하고 종교가 사실이면 어쩌나 하고 두려워한다. 이를 치유하기 위해서는 먼저 종교가 결코 이성에 어긋나지 않는다는 사실을 제시하는 것으로 시작해야 한다. 존중할 만한 것으로 만들어서, 종교에 대한 존중심을 품게 해야 한다. 그런 다음 사랑스러운 것으로 만들어서, 선량한 사람들이 종교가 사실이었으면 하는 바람을 품게 해야 하고, 또 종교가 사실임을

보여주어야 한다. / 종교가 존중할 만한 이유는 인간을 잘 알
았기 때문이다. / 사랑스러운 이유는 진정한 선을 약속하기
때문이다."(46-12)

30

중용

언제 어디서나 찬반양론으로 나뉘는 세상에서, 파스칼은 '모순대립을 극복하는, 양극단의 등거리에 있는, 양극단을 초월한 입장을 탐구하기 시작한다.

> "극단의 정신은 극단의 결점과 마찬가지로 광기라는 비난을 받는다. 범용凡庸만이 좋은 것이다. 이것을 정한 것은 다수이며, 누군가를 물어뜯는 사람은 어느 쪽 끝으로든 범용에서 벗어나게 된다. 나는 그런 아집을 부리지 않을 것이다. 나는 사람들이 나를 범용에 두는 것에 찬성하며 낮은 쪽 끝에 있기를 거부한다. 낮아서가 아니라 끝이라서 그렇다. 왜냐하면 나는 위쪽 끝에 있는 것 역시 거절할 것이기 때문이다. 중용에서 벗어나는 건 곧 인간성에서 벗어나는 것이다."(452-518)

이 범용에는 경멸적인 의미가 없다. 오히려 범용은 양극단의 중간에 있어, 지나침이나 모자람의 우를 범하지 않으며, '아우레아 메디오크리타스aurea mediocritas'[23]의 이상, 호라티우스의 "소중한 절제"로 통한다. 중용의 철학은 절제를 권한다. 《팡세》에 쓰인 파스칼의 가명은 '튈티의 솔로몬Salomon de Tultie'이다. 솔로몬의 지혜와 광기를 연결하는 자, 라틴어로 '스툴티티아stultitia'라고 하는, 광인도 현자도 아니요 오히려 그 둘이 함께 있는 자다.

파스칼은 범용을 옹호하기 위해 다수의 편에 선다. 단계gradation 덕에, 현자는 눈에 띄는 존재가 되기를 바라는 헛똑똑이들과는 달리 민중의 견해에 합류한다.

몽테뉴가 낮은 쪽 끝도 높은 쪽 끝도 아닌, 가장 명예로운 자리도 가장 명예롭지 않은 자리도 아닌 중간을 주장한 것은 인간 조건을 수용하는 그의 태도와 짝을 이룬다. 위대함은 중간에 머무르는 것이기 때문이다. 하지만 파스칼의 편에서 보면 그런 태도는 놀랍다.

---

23 중용의 미덕.

두 무한 사이의 중간이라는 것이 무엇이란 말인가?

"대체 자연 속의 인간이란 무엇인가? 무한에 비하면 하나의
무요, 무에 비하면 하나의 전체이며, 양극단에서 무한히 멀어
양극단을 이해할 수 없는, 무와 전체 사이의 한 중간이 아닌
가?"(230-199)

그러므로 그에게 중간의 자리는 결코 안락한 자리가
아닐 것이다.

"세 종류의 사람이 있을 뿐이다. 신을 발견하고서 그에게 봉
사하는 사람들, 신을 발견하지 못해 그를 찾는 일에 열중하는
사람들, 신을 발견하지 못했을 뿐 아니라 그를 찾지도 않는
사람들. 첫 번째 사람들은 분별력 있는 행복한 사람들이고,
마지막 사람들은 미친 불행한 사람들이다. 중간의 사람들은
불행하나 분별력은 있는 사람들이다."(192-160)

기하학자는 조합을 좋아한다. 그는 모든 논리적 가
능성을 열거하며 추론한다. 그는 다른 조합들은 차치

하고서, 분별력 있는 불행한 사람들, 아직 찾지 못했지만 찾고 있는 사람들에게 말한다. 신이든 생의 의미든, 추구의 목표가 무엇이든 우리는 그런 사람들에게서 우리 자신의 모습을 볼 수 있다.

파스칼에게는 중간이 하나의 타협이 아니라, 지나치게 단순한 두 입장의 극복이다. 변증법적인 단계적 상승의 한 경우다. 양극단보다 쟁취하기 더 어려운 자리이지, 더 쉬운 자리가 아니다.

"흔히 서로 반대되는 두 진리 사이의 관계를 생각하지 못해서, 그리고 한쪽에 대한 동의는 다른 쪽에 대한 배제를 감추고 있다고 믿어서, 그들은 한쪽에 집착하고, 다른 쪽을 배제하며, 또 우리가 그들과 반대라고 생각하게 된다. 그런 배제는 그들이 범하는 이단의 원인이 되며, 다른 쪽에 대한 우리의 무지는 그들의 반대를 야기한다."(614-733)

파스칼은 종종 중간을 대립자들의 일치 같은 것으로 떠올리곤 한다. 이를테면 '숨은 신'은 덮인 것과 열린 것 사이에, 중간에 있다. 그는 1656년 10월, 자신이 마음의 길잡이 노릇을 해주던 마드무아젤 드 로아네즈에게 '숨은 신'에 대한 개념을 설명해주면서, "만약 신이 끊임없이 사람들에게 발견된다면 신을 믿는 미덕이 무의미해질 것이요, 신이 전혀 발견되지 않는다면 신앙이 없어질 것입니다"라고 썼다(III, p. 1035; p. 151).

하지만 그 균형은 취약하다.

"자신의 비참을 알지 못하고 신을 아는 것은 오만을 낳는다. / 신을 알지 못하고 자신의 비참을 아는 것은 절망을 낳는다. / 예수 그리스도를 아는 것은 중간을 낳는다. 왜냐하면 거기에서 우리가 신과 비참을 모두 발견하기 때문이다."(225-192)

오만과 절망 사이, 이쪽도 저쪽도 아니거나 혹은 동시에 둘 다인 것, 바로 그것이 분별력 있는 불행한 자, 파스칼이 주장하는 신앙인의 입장이다.

파스칼이 《사시 씨와의 대담》에서, 에픽테토스와 몽테뉴 사이를 돌아다닐 때도 그 방식은 같다. 한데 이 모든 게 약간은 너무 뻣뻣하고 형식적인 건 아닐까?

좀 더 가벼운 예들로 마무리하도록 하자.

"두 무한. 중간. / 너무 빨리 읽거나 너무 천천히 읽으면 아무 것도 이해하지 못한다."(601-723)

혹은,

"너무 많은 술과 너무 적은 술. 그에게 그것을 주지 말아보라. 그는 진리를 발견하지 못할 것이다. 그에게 그것을 주어보라. 마찬가지일 것이다."(72-38)

느림과 빠름, 과음과 절제 사이에서 어떻게 절도를, 균형을, 부동점을 취할 것인가? 이는 독서에서도 어려운 일이지만 신이라거나, 진리, 인생의 의미 등, 다른 모든 탐구에서도 어려운 일이긴 마찬가지다.

파스칼과 함께하는 여름

31
이중사고

"어떤 사람이 폭풍에 휩쓸려 미지의 어느 섬에 내던져졌는데, 마침 그 섬 주민들은 실종된 왕을 찾느라 고생하고 있었습니다. 몸매와 얼굴이 그들 왕과 몹시 닮았던 그는 왕으로 오인되었고, 그 백성들에게 왕으로 인정받았지요. 그는 처음에는 어떻게 해야 좋을지 몰랐으나, 결국 자신의 행운에 응하기로 마음먹었습니다. 그는 사람들이 자신에게 바치는 모든 경의를 받아들였고, 자신을 왕 취급하도록 내버려 두었습니다."(IV, p. 1029; p. 748)

파스칼은 기하학자에 엄밀한 논리학자였지만 이야기꾼의 재능도 없지 않았다. 그는 상상력을 "오류와 거짓의 주인"이라고 규탄했으나, 우화들을 좋아했고 설득을 위해서라면 우화를 창작하는 것도 서슴지 않았다. 세 편의《대귀족의 신분에 관한 논설》중 첫 번째 논설은 그의 가장 매력적인 우화 중 하나로 시작된다. 그의 친구인 피에르 니콜이 전하는 한 대화를 보면, 파스칼이 루인느 공작의 장자인 슈브뢰즈 공작에게 가르침을 베푸는 내용이 있다. 그는 귀족이 될 운명을 타고난 그 젊은이가 사회적 역할과 내밀한 인격체인 자아를 혼동하지 말기를 바란다. 몽테뉴는 이렇게 말했다. "우리의 역할을 제대로 수행하되, 빌려 온 인물 역할을 해야 합니다. 가면과 외양을 실제 본질로 만들어서는 안 되고, 이방인을 자기 자신으로 만들어서도 안 됩니다"(III, 10). 파스칼은 이 케케묵은 클리셰를 미지의 백성에게 왕으로 오인된 한 조난자의 이야기를 통해 심화시킨다. 그것은 위인의 조건과 일반적인 인간의 조건에 관한 명상의 계기다. 그 사람은 군주를 잃은 섬 주민들의 오인으로 인해, 우연히, 왕이 된다. 이 일화는 우리 신분의 우연성을 보여준다. 그 무엇도 우리의 특권과 우리의 신분을 정당화해주지 않으며, 우리의 출생이나 우리의 실존도 마찬가지다. 그런 것들은 전혀 필연성을 갖지 않는다. 그래서 파스칼은 그 젊은이에

게 훗날 이 세상에서 그의 사회적 조건이 될 그의 신분
에 환상을 품지 말고 미지의 섬에서 왕의 역할을 연기
하는 사람 예를 따르라고 권한다.

> "(…) 그는 자신의 타고난 신분을 잊을 수 없었기 때문에, 한
> 편으로 사람들의 존경을 받아들이면서도, 자신이 그 백성이
> 찾는 왕이 아니고 그 왕국도 자기 소유가 아니라고 생각했습
> 니다. 그렇게 그는 두 가지 사고를 품고 살았습니다. 한 사고
> 로는 왕으로 행세했고, 다른 사고로는 자신의 진정한 신분을
> 인식하고 자신이 지금의 자리에 있게 된 게 단지 우연일 뿐이
> 라는 것을 의식했습니다. 그는 이 두 번째 사고는 감추고 다
> 른 사고는 겉으로 드러냈습니다. 백성을 대할 때는 첫 번째
> 사고로 임하고 자기 자신을 대할 때는 두 번째 사고로 임했습
> 니다."(IV, p. 1029; p. 748)

요는 다른 사람들 앞에서 우리의 역할을 잘 연기하
되, 마음속으로도 착각해서는 안 된다는 것이다. 파스
칼이 서술하는 이 '이중사고'는 사회적 신분—권력,
부, 권위—과 진짜 존재를 대립시킨다. 그는 어느 귀족

에게 말하고 있으나, 이 가르침은 민주국가에서도 마찬가지일 것이다.

"스위스인들은 귀족으로 불리는 걸 불쾌히 여기며, 중요한 직책에 적합한 인물이라는 판단을 받으려고 자신이 평민 출신임을 증명한다."(83-50)

파스칼은《팡세》의 '허무' 묶음에서, 정치적 체계들의 임의성을 강조하기 위해 그렇게 적고 있다. 여기서는 귀족들이 여러 책무를 행하지만, 저기서는 평민들이 그렇게 한다. 모든 것은 관례에 달린 일이다.

파스칼은 젊은 귀족에게 귀족이라는 조건에 대해서만 거리를 두라고 요구하는 것이 아니다. 그런 조건 못지않게 정당화되지 않은 인간의 조건에 대해서도 마찬가지다.

"당신이 당신 소유로 여기는 그 부를 소유하게 된 게 왕이 된 그 사람처럼 우연에 의해서가 아니라고는 생각하지 마세요. 그 사람과 마찬가지로 당신 자신도 본래는 그것에 대한 어떤 권리도 없습니다. 당신이 공작의 아들이 된 것만이 아니라, 당신이 이 세상에 있게 된 것 자체도 단지 무한한 우연에 따른 것입니다. 당신의 출생은 어느 결혼, 아니 당신의 조상들이 한 모든 결혼의 결과입니다. 그 결혼들은 또 무엇의 결과인가요? 어떤 우연한 방문, 어떤 경솔한 말, 예기치 못한 숱한 우연의 결과 아닌가요?"(IV, p. 1030; p. 748).

사회생활의 밑바탕은 자연적 질서가 아니라 임의적 관례들이다. 그런 사정을 조난자가 왕이 된 것만큼 잘 말해주는 이미지는 없다. 한데 사실은 모든 사람이 조난자다. 그래서 사람들, 특히 귀족들의 교만이나 오만은 자기들 자신에 대한 거짓, 혹은 장-폴 사르트르의 표현에 따르면 그들의 '불성실'의 증거인 것이다.

32

"자아란 무엇인가?"

"자아는 가증스럽네. 이보게, 미통, 자아를 감추어 보게. 그런다고 자네가 그걸 절대 없앨 수는 없네. 그러니까 자네는 늘 가증스러운 존재인 거지."(494-597).

파스칼은 자유사상가이자 교양 이론가인 친구 다미앵 미통에게 그렇게 말한다. 교양은 자아를, 자기애를 감춰주지만 아주 없앨 수는 없다. 파스칼은 당신이 이타심을 갖춘다고 해도 당신은 혐오스럽다고 친구를 윽박지른다. 교양인은 위선자다. 교양 덕에 그의 자아는 "모든 것의 중심"이 아니지만, 오직 기독교의 경애심만이 자기애를 애덕으로 바꿀 수 있다.

하지만 《팡세》에서 자아가 늘 자기애와 동일시되는 것은 아니다.

"나는 내가 전혀 존재하지 않았을 수도 있다고 느낀다. 나의 자아는 나의 사고 속에 있기 때문이다. 그러므로 만약 나의 어머니가 내가 생기를 띠기 전에 돌아가셨다면, 생각하는 나는 전혀 존재하지 않았을 것이다. 따라서 나는 필연적인 존재 [절대자]가 아니다."(167-135)

'자아'라는 말이 명사화된 형태로 쓰인 건 프랑스어에서는 근래의 일이다. 이 말을 우리는 데카르트에게서 보게 되는데,《팡세》의 이 단편은 데카르트의 두 번째 《명상》을 상기한다. "만약 내가 생각하기를 멈춘다면, 존재 혹은 실존하기를 그치게 되리라는 건 가능한 일이다"라고 데카르트는 말했다. 그러나 파스칼은 자아의 우연성을 강조한다. 자아는 필연성과 실체가 없으며, 자연 철학은 그의 실존을 정당화할 수 없다.

《팡세》의 또 다른 역설적인 단편 하나에는 바로 "자아란 무엇인가?"라는 제목이 붙어 있다.

"행인들을 보려고 창가에 서 있는 한 남자, 만약 내가 거기를 지나간다면, 나는 그 남자가 나를 보려고 그곳에 있었다고 말할 수 있을까? 아니다. 왜냐하면 그는 특별히 나를 생각하고 있던 게 아니기 때문이다. 어떤 사람을 그의 아름다움 때문에 사랑하는 사람, 그는 그 사람을 사랑하는 것일까? 아니다. 왜냐하면 천연두가 그 사람은 죽이지 않고 그의 미모만 없애버린다면 그는 더는 그 사람을 사랑하지 않을 것이기 때문이다."(567-688)

이 글을 두고 사람들은 파스칼이 몹시 사랑한 여동생 자클린이 열세 살 때 천연두로 얼굴을 상한 일에 주목했다. 그러나 사람들이 특히 생각한 건 역시 거리를 지나가는 사람들에 관한《명상》의 한 페이지다. 데카르트는 묻는다. 모자를 쓰고 지나가는 그 형상이 사람인지 자동인형인지 어떻게 알 수 있는가? 파스칼은 이 장면을 다르게 이용한다. 그는 관찰자에게 그 행인들이 사람인지 아닌지 묻는 게 아니라, 창가의 그 남자가 과연 '나'를 기다리는 것인지 묻는다.

여기서 '나moi'는 더는 자기애가 아니다. 한 개인으로 구별되는 나, 나를 한 인격체로 만드는 나다. 자연철학의 틀에서 자아란 우리가 직접적으로 느끼는 의심의 여지가 없는 하나의 실재지만, 그러나 이 실재는 이해할 수 없는 실재다. 각각의 인간은 한 명의 인격체지만, 그러나 이 인격체는 규정할 수 없는 인격체다.

오해하지 말자. 파스칼은 자아가 없다고 주장하는 것이 아니라, 각 자아의 본질을 규정한다는 건 불가능하다고 주장한다. 자아는 실체도 우연성도 아니다. 누군가에 대한 사랑은 그 사람의 아름다움과 분리될 수 없으며, 그 아름다움이 사라진다면 사랑도 파괴된다고 파스칼은 주장한다. 우리가 아름다움 때문에 사랑하고 아름다움이 하나의 우연성이라면 사랑한다는 것이 무엇이란 말인가? 그렇다면 사랑의 대상은 타자의 존재가 아니라는 얘기다. 자아는 이해할 수 없지만, 그래도 우리는 영혼의 이 신비스러운 단일성에 대해 직접적으로 확신한다.

파스칼은 자주 이 문제에 사로잡힌다.

"만약 사람들이 나의 판단력이나 나의 기억력 때문에 나를 사랑한다면 그들은 나의 자아를 사랑하는 것일까? 아니다. 왜냐하면 나는 나의 자아를 잃어버리지 않고도 그런 특질

들을 잃어버릴 수 있기 때문이다. 이처럼 자아가 육체 속에
도 정신 속에도 있지 않다면, 대체 자아는 어디에 있단 말인
가? 쉽게 소멸하여 결코 자아를 만드는 것이라 할 수 없는 그
런 특질들 때문이 아니라면 어떻게 육체나 영혼을 사랑한단
말인가? 과연 사람들이 어떤 사람의 영혼의 실체를, 거기에
어떤 특질들이 있든지 간에, 추상적으로 사랑할까? 그것은
있을 수도 없고 온당치도 않은 일일 것이다. 따라서 사람들
은 결코 아무도 사랑하지 않으며 단지 특질들을 사랑할 뿐이
다."(앞의 책)

여기서는 더는 육체의 아름다움이 문제가 아니다.
판단력이나 기억력 같은 능력들, 영혼에 속하는 지적
실재들이 문제다.

"나는 손이나 발이나 머리가 없는 사람은 얼마든지 떠올려볼
수 있다. 왜냐하면 머리가 발보다 더 필요하다는 사실을 우리
에게 가르쳐주는 것은 경험뿐이기 때문이다. 그러나 나는 생
각이 없는 사람은 떠올릴 수가 없다. 그것은 돌이나 짐승일
것이다."(143-111)

판단력과 기억력은 사고의 속성들이다. 하지만 자아
는 그것들을 상실한 사람, 미치광이나 기억상실자에게
서도 사라지지 않는다. 결국 우리는 아포리아에 부딪
히고, 자아는 신비로 남는다.

"(…) 우리가 누구인지 우리 스스로는 알 수가 없고, 오직 신
을 통해서만 그것을 알 수 있다."(182-149)

우리가 마주치는 건 특질들뿐이다. 그러니 고위직에
경의를 표하지 않을 이유가 뭐란 말인가?

장 메나르는 이렇게 말했다. "자아가 진정한 존재로
구성되려면, 은총이 그 자아를 유일한 절대자[필연적인
존재]인 신과 연결해야 한다."

33

촌락의 여왕들과 가짜 창문들

파스칼은 수사학과 그 조화造花들을 경계한다. "Éteindre le flambeau de la sédition(반란의 횃불을 끄다)—너무 사치스럽다./L'inquiétude de son génie(그의 천재의 불안)—쓸데없는 무모한 두 단어"(529-637). 파스칼은 거짓된 아름다움, 과다, 표현의 과잉에 반기를 든다. '불안'은 매우 강한 말이다. 그 본의는 휴식 상태로 머무를 수 없음, 끊임없는 소란이다.

"우리가 키케로에게서 비난하는 그 모든 거짓된 아름다움을 예찬하는 이들이 있는데, 그것도 다수가 그렇게 한다."(610-728)

그의 누이 질베르트가 말했듯이, 그에게는 '멋진 생

각'도, '거짓된 광채'도 없다. "절대 거창한 말들이 없고, 은유적 표현도 거의 없으며, 모호한 말도 투박한 말도, 지배적인 말도, 빼먹는 말도, 쓸데없는 말도 전혀 없다"(《파스칼 씨의 생애》, 제2판, I, p. 617). 파스칼은 거창한 말들을 싫어한다. 《설득술에 대하여》의 마지막 문장은 이것을 무미건조하게 이렇게 말한다. "나는 그런 부푼 말들을 싫어한다…."(III, p. 428; p. 145).

《팡세》의 한 단편은 '시적 아름다움'이라는 제목을 달고 있는데, 그것은 일종의 경보警報다.

> "사람들은 모방해야 할 자연의 모델이 무엇인지 모르며, 그것을 몰라서 '황금의 세기'니, '이 시대의 경이驚異'니, '운명적인' 등과 같은 괴상한 용어들을 만들어냈다. 그러고는 이런 알아들을 수 없는 은어를 '시적 아름다움'이라고 부른다."(486-586)

파스칼의 글에서는 여자가 거론되는 일이 잦지 않다. 하지만 그런 그도 시에 대한 자신의 경계심을 말하기 위해 상식이나 보석 같은 여성적 아름다움의 전통적 이미지에 의존한다.

"그러나 사소한 일을 거창한 말로 이야기하는 것이 본질인
그런 모델에 따라 여인을 상상하는 사람은 온통 거울들과 사
슬 모양 장신구들로 장식한 예쁜 아가씨를 보게 될 테고, 그
것에 대해 웃음을 터뜨리게 될 것이다. 왜냐하면 시의 멋은
잘 몰라도 여인의 멋이 어떤 것인지는 잘 알기 때문이다. 하
지만 그걸 알지 못하는 사람들은 그런 차림새를 한 아가씨를
예찬할 텐데, 사실 그런 아가씨를 여왕으로 여기는 촌락들이
많다. 그래서 우리는 그런 모델에 따라 지은 소네트들을 '촌
락의 여왕들'이라고 부른다."(앞의 책)

파스칼은 고전적인 예절이나 말과 사물의 균형을 옹
호하고, 바로크적인 유희, 말과 사물의 불균형을 반대
한다. 그는 시 애호가들에게 환상을 심어주는 '촌락의
여왕들'을 경계한다. 그런 거부가 볼테르의 화를 돋우
었고, 생트뵈브에게 의구심을 품게 했다. "파스칼의 재
능이 참으로 대단하긴 하나, 어쩌면 그의 시대 탓에, 아
니면 그의 천성 때문에 (…), 그가 들어가지 않거나 들

어갈 생각조차 하지 않는 참되고 위대한 무수한 것들이 있다. 좀 열거해보자면, 그는 시를 느끼지 않고, 시를 부정한다. 시는 인간의 본질적인 부분, 심지어 종교인의 본질적인 부분이기도 한데 말이다"(《포르루아얄》, 1848).

그가 반감을 갖는 것들 가운데 하나는 대조법이다.

"억지로 말들을 꾸며 대조법을 만드는 사람들은 대칭을 이루기 위해 가짜 창문을 만드는 사람들과 같다. / 그들의 규칙은 '정확히 말하는 것'이 아니라, '적절한 형상을 만드는 것'이다."(466-559)

하지만 대조법 취미는 그에게서도 나타난다. 변증법적 방법에 맞추거나 "찬반" 뒤집기에 맞춰서다(124-90).

"그가 스스로 뽐낸다면 나는 그를 낮춘다 / 그가 스스로 낮추면 나는 그를 칭찬한다 / 그리고 늘 그를 논박한다 / 그가 이해할 수 없는 괴물이라는 사실을 / 그가 이해할 때까지."(163-130)

어떤 이들은 말들의 배치를 보고서 이 단편을 서슴 없이 시로 규정했다.

또 하나의 역설이 있다. 수사학적 섬세함이 난폭한 웅변보다 더 폭력적이다. 이런 날랜 단편은 그렇게 읽힌다. "왕으로서가 아니라 폭군으로서, 제국이 아니라 부드러움으로써 설득하는 웅변"(485-584). 부드러움은 언제나 질서 간의 경계 위반으로 정의되는 폭정과 동일시되고, 정당한 힘인 제국은 왕과 연결된다. 부드러움의 수사학은 분별력이 아니라, 자기 마음에 드는 걸 찾는 의지와 욕망에 호소한다. 그것은 설득하는 기술이 아니라 기분 좋게 해주는 기술에 속한다. 그러니 부드러운 방법은 강요하는 셈이다. 스스로 찾게끔 대화 상대를 가만 내버려 두지 않고, 그에게 폭정을 행사하는 것이다.

그래서 파스칼의 방법은 《시골 친구에게 보내는 편지》에서나 《팡세》에서나 전혀 부드러운 데가 없고 대단히 격렬하다. 그는 자신의 자유사상가 친구들을 거칠게 대하는데, 그들의 반응을 유발하기 위해 악담도 서슴지 않는다. "그러니 자네는 늘 가증스러운 존재인 거지"라며 미통을 질책하지 않는가(494-597).

그렇다. 하지만 부드러움은 신의 행위를 특징짓는 것이기도 하다.

> "모든 일을 부드럽게 처리하는 하느님의 인도는 종교를 이성에 의해 정신 속에 넣어주고 은총에 의해 마음속에 넣어주는 것이다."(203-172)

대립자들의 일치를 보여주는 새로운 사례라 할 수 있겠다.

34

"불확실한 것을 위해 일하는 것"

"대중은 매우 건전한 견해를 갖고 있다. 예를 들면, / (…) 불확실한 것을 위해 일하는 것, 바다로 나가는 것, 널판자 위를 지나가는 것."(134-101)

이는 다시 또 '현상의 이유' 문제다. 대중은 "불확실한 것을 위해 일하는 것"을 받아들이지만, 헛똑똑이들은 결과가 불확실한 일들을 경계한다. 헛똑똑이들이 틀렸고 대중이 옳다. 대중의 견해는 타당하다. 대중은 '배분의 규칙'을 직관하고 있다. '배분의 규칙'이란 파스칼이 미래의 확률 계산에 부여하는 명칭이다.

"불확실한 것을 위해 일할" 필요가 있을까? 파스칼은 "바다로 나가는 것"을 위험을 감수하는 시도의 모델로 여긴다. 위험하지만 그런 일은 행해진다(아마 대중에게는 선택의 여지가 없을 것이다). 그리고 "널판자 위를 지나가는 것"은 상상력의 힘에 대한 전형적인 예로서, 이미 몽테뉴가 인용한 바 있고, 파스칼 역시 《팡세》의 "상상력"이라는 긴 단편에서 인용한다.

> "이 세상에서 가장 위대한 철학자가 필요한 만큼보다 좀 더 넓은 널판자 위에 있는데, 그 아래는 낭떠러지라고 가정해보자. 그의 이성이 아무리 그의 안전을 설득한다고 할지라도 상상력이 그를 압도할 것이다. 많은 이들은 그 생각을 할 때마다 얼굴이 창백해지고 땀방울이 맺힐 것이다."(78-44)

일반 대중은 그 철학자보다 훨씬 더 흔쾌히 허공에 걸린 널판자 위를 건너갈 것이다. 그 널판자는 "바다로 나가려고" 배에 오를 때 건너가는 바로 그 널판자일 수 있다.

확률의 선구자 파스칼은 그가 1654년에 쓴 《산술 삼각형론》에서 '배분의 규칙'이라고 부르는 것을 증명하게 되는데, 그 글의 제3부 제목은 '여러 배분 가능성을 놓고 도박을 하는 두 노름꾼 사이에서 우리가 해야 할 운의 배분을 결정하기 위한 산술 삼각형의 사용'이다.
그 규칙은 이렇게 말한다.

> "돈을 딸 불확실성은 사람들이 득실得失 운의 비율에 따라 거
> 는 것의 확실성에 상응한다."(680-418)

달리 말하면, 산술적 희망은 딸 가능성에 의한 득得
의 소산으로서, 어떤 불확실한 상황에서 가장 유리한
선택을 합리적으로 결정할 수 있게 해준다는 것이다.
이 개념은 파스칼의 자유사상가 친구들인 메레와 미통
의 놀이, 도박에서 비롯된다. 파스칼은 도박이 도중에
중단될 때 판돈을 어떻게 배분할 것인지를 결정하고자
하는 것이다.

한데 파스칼은 이 배분 규칙을 인생에 적용한다.

> "다음과 같은 여러 가정假定에 따라, 다르게 세상을 살아야 한
> 다. / 이 세상에 항상 있을 수 있는 경우. / 이 세상에 오래 있지
> 못할 게 확실한 경우, 그리고 한 시간 있는 것조차 불확실한
> 경우. / 이 마지막 가정이 우리의 경우다."(187-154)

파스칼과 함께하는 여름

파스칼은 자신의 자유사상가 교양인이 이런 합리적 논증에 예민하리라고 생각한다. 그는 이런 논증들을 《팡세》의 '시작' 묶음, 즉 인간학 관련 부분과 신학 관련 부분의 중간단계에 모아두고 있다.

"만약 확실한 것만을 위해서 일해야 한다면 종교를 위해서는 아무것도 하지 말아야 할 것이다. 왜냐하면 종교는 확실한 것이 아니기 때문이다. 그러나 사람들은 얼마나 많은 불확실한 일들을 하는가. 해상 탐험이나 전쟁이 그런 일들 아닌가! 그러므로 나는 확실한 건 아무것도 없으니 아무것도 일체 하지 말 것이며, 우리가 내일을 다시 보게 되는 것보다는 종교 쪽에 더 많은 확실성이 있다고 말하련다."(480-577)

우선 자유사상가 혹은 헛똑똑이가 먼저 말을 한다. 종교는 불확실한 것이니 종교를 위해서는 아무것도 하지 않는 게 합리적이라고 그는 말한다. 그러는 그에게 파스칼은, 하지만 사람들은 바다로 나가거나 전쟁을 치르는 것 등의 업무 수행 때 많은 위험을 감수하지 않느냐고 이의를 제기한다. 종교에 대해서는 다르게 행동해야 할 이유가 뭐란 말인가? 파스칼은 대화상대에게 일관성을 요구한다. "모든 것이 불확실한지가 확실치 않기" 때문이다(453-521).

내일 당장, 어떤 천재지변이 일어나 우리가 내일을 보지 못하게 될 수도 있을 것이다. 세상이 내일 끝장나는 것은 가능하다고 확실하게 단언할 수 있지만, 신이 존재하지 않는 것은 가능하다고 확실하게 주장할 수는 없다.

"왜냐하면 우리가 내일을 보게 되는 것은 확실한 일이 아니기 때문이다. 우리가 내일을 보지 못하게 되는 것은 확실히 있을 수 있는 일이다. 그러나 사람들은 종교에 관해서 그렇게 이야기할 수가 없다. 종교가 존재한다는 것은 확실하지 않다. 하지만 종교가 존재하지 않는 건 확실히 가능한 일이라고 누가 감히 말할 수 있는가? 한데 사람들은 내일을 위해서나 불확실한 것을 위해 일할 때 합리적으로 행동한다. / 사실 사람들은 불확실한 것을 위해 일할 때, 증명된 배분의 규칙에 따라 일할 것이다. / 성 아우구스티누스는 사람들이 불확실한 것을 위해, 즉 바다나 전쟁터 등지에서 일하는 건 보았지만,

파스칼과 함께하는 여름

사람들이 왜 그렇게 하는지를 증명하는 배분의 규칙은 보지 못했다."(480-577)

성 아우구스티누스는 불확실한 결과를 위해 시간과 노고를 바다나 전쟁터에 바치는 사람들이 쓸데없는 짓을 하는 거라고 비난하기만 했지, 현상의 이유, 즉 배분의 규칙과 높은 산술적 희망은 보지 못했다는 얘기다. 말하자면 성 아우구스티누스조차도, 몽테뉴와 마찬가지로—적어도 이 점에 있어서는—헛똑똑이로 행동할 수 있었다는 말이다. 수학적 발명으로 큰 영광을 누린 파스칼이지만, 겸손 방면으로는 아직 한 수 더 배웠어야 했던 것 같다.

35

"무한한 무"

에릭 로메르의 영화 〈모드 집에서의 하룻밤〉에서, 사람들은 파스칼의 '내기'에 관해 길게 떠들어댄다. 사람들이 《팡세》에서 기억해내는 것은 대개 이 내기 이야기가 전부다. 무엇이 문제인가? 그것이 정말 아주 중요한 문제인가?

우리는 신을 알 수 없다. 신이 어떤 존재인지, 존재하기는 하는 건지 모른다. '자연의 빛'은 우리에게 어떤 구원도 아니며, 기독교인들은 자신들의 신앙을 해명할 수 없다. 파스칼은 자신의 호교론에서 막다른 골목에 처하는가? 아니다. 사실 그는 바로 여기에서 그가 '판partis'이라고 부르는 도박 모델에 기대 자유사상가가 결심하도록 몰아붙인다.

"그러면 이 점을 검토해봅시다. 신이 존재하는지, 아니면 존재하지 않는지. 우리는 어느 쪽으로 기울어질까요? 여기서 이성은 아무것도 결정할 수 없습니다. 무한한 혼돈이 우리를 갈라놓습니다. 그 무한한 거리의 끝에서, 동전의 앞면과 뒷면 중 어느 쪽이 나오느냐를 놓고 도박이 벌어집니다. 당신은 어느 쪽에 걸겠습니까? 당신은 이성에 의해서는 이러지도 저러지도 못합니다. 이성에 의해서는 둘 중 어느 쪽도 지지할 수 없습니다."(680-418)

착각하지 말자. 내기의 목적은 신의 존재를 증명하는 데 있지 않다. 신의 존재는 불확실하며, 똑똑이로 행동하는 자유사상가는 이런 불확실한 상황에서는 "내기를 걸지 않는 것이 옳다"고 대답한다.

"그렇습니다만, 내기는 해야 합니다. 이는 의지에 달린 일이 아닙니다. 당신은 이미 배에 올라탔습니다. 그러니 어느 쪽을 선택하시겠습니까? 자, 봅시다. 선택은 해야 하니, 어느 쪽이 당신에게 이익이 가장 적은지 봅시다. 당신이 잃을 수 있는 두 가지는 진실과 선입니다. 그리고 당신이 걸어야 할 두 가지는 당신의 이성과 의지, 당신의 지식과 행복입니다. 그리고 당신의 본성이 피해야 할 두 가지는 오류와 비참입니다. 당신의 이성은 반드시 선택해야 하니 저것이 아닌 이것을 선택한다 해서 더 상처를 받거나 하지는 않습니다. 이것으로 한 가지 문제는 해결되었습니다. 하지만 당신의 행복은? 신이 존재한다는 동전의 앞면을 선택할 경우의 득실을 따져 봅시다. 다음 두 가지 경우를 평가해 봅시다. 당신이 내기에서 이기면 모든 걸 따게 됩니다. 내기에서 지면 아무것도 잃지 않습니다. 그러니 주저하지 말고 신이 존재한다는 쪽에 거십시오!"(앞의 책)

내기에 이기면 신이 존재하는 것이니 모든 것을 얻는다. 내기에 지면 신이 존재하지 않는 것이니 아무것도 잃지 않는다. 무無는 내기를 건 사람에게 실수에 대한 대가를 치르게 하지 않으니까.

파스칼은 자세한 산술 속으로 들어간다. 딸 수 있는 생이 둘뿐이어도 내기는 공정한데, 왜 걸지 않는단 말인가? 딸 수 있는 생이 셋이라면 유리한 내기가 될 텐데, 그런 내기에 걸지 않는 건 멍청한 짓이다. 한데 우

파스칼과 함께하는 여름

리는 영생永生을 딸 수도 있다. 그런데도 걸지 않는다는 건 당치않은 일이다. 또한 신이 존재할 확률이 2분의 1이 아니라 무한분의 1이라 하더라도, 영생을 딸 수도 있으니 여전히 내기는 공정하고 할 만하다고 할 수 있을 것이다.

> "(…) 무한이 있고 딸 운수에 비해 잃을 운수가 무한하지 않은 곳이라면 어디든 전혀 주저하지 말고 모든 것을 걸어야 합니다."(앞의 책)

하지만 그 자유사상가는 마음을 정하지 못한다.

> "고백하건대 인정합니다, 하지만 그래도… 이 도박의 내막을 볼 방법이 전혀 없나요?"(앞의 책)

이제 우리는 전환점에 이르렀다. 자유사상가는 내기에 참여해야 할 합리적 필요성은 이해했지만 내기를 하지는 않는다.

"(…) 하지만 내 손은 묶여 있고 입은 막혀 있습니다. 사람들은 내게 내기를 하라고 하지만, 나는 자유롭지 않고, 사람들은 나를 놓아주지 않습니다, 그런데 나는 사람 됨됨이 자체가 믿음을 갖기 어려운 사람입니다."(앞의 책)

그의 말에 호교론자는 이렇게 대답한다.

"그건 사실입니다. 그러나 적어도 이것만은 아셔야 합니다. 이성이 당신을 믿음 쪽으로 기울어지게 하는데도 당신이 믿음을 가질 수 없다면, 믿음에 대한 당신의 그런 무능은 당신의 정념에서 (기인한다는) 사실을 말입니다. 그러므로 신에 관한 증거를 쌓아서가 아니라 당신의 정념을 줄여서 자신을 설득하도록 노력하십시오."(앞의 책)

이 내기 논증이 제시하는 것, 그것은 합리주의를 안다고 자부하는 자유사상가가 믿음을 거부하며 합리적으로 행동하지 않는다는 것이다. 그러므로 그에게 정념들, 그의 자기애가 그의 저항에 어떤 역할을 하는지를 깨닫게 하는 것이 중요하다. 이제 숙제는 더이상 설득력 있는 논증을 찾아내는 것이 아니라, 자유사상가에게 그것을 느끼게 해주는 것이다.

그의 집요한 의구심 앞에서, 파스칼은 전략을 바꾸어 그에게 믿는 사람들을 따라 해보라고 권한다.

"그들이 시작했던 방법을 따라 해보십시오. 성수를 받고 예배를 드리는 등, 그들이 신자로서 행하는 모든 걸 해보는 겁니다. 이는 자연스럽게 당신을 믿음으로 이끌고 당신을 바보로 만들어줄 겁니다. – 내가 두려워하는 게 바로 그것입니다. – 왜 두렵지요? 당신이 잃을 게 뭐가 있나요?"(앞의 책)

바보가 되는 것은 동물이나 어리석은 자가 되는 것이 아니라, 동물처럼, 즉 하나의 '기계'처럼 행동하는 것을 말한다(39-5). 데카르트 이후 파스칼도 육체를 하나의 자동인형으로 이해한다. 믿음에 순응하라(41-7), 그러면 습관이 그를 신앙으로 인도할 것이다. 습관이 주는 믿음이 "더 쉽다." 그러므로 진정으로 믿기 전에 신사들의 습관을 따라 하는 것이 좋다. "우리는 정신이면서 동시에 자동인형이기" 때문이다(661-821). 논증이 이제 더는 산술적이지 않다.

끝으로, 그가 드는 마지막 논거를 보자. 내기에 참여하면 얻을 수 있는 추가적인 혜택, 바로 이번 생에서 받는 직접적 특혜가 있다.

> "이편을 선택했다고 해서 당신에게 무슨 나쁜 일이 생기겠습니까? 당신은 신자가 될 것이고, 정직하고 겸손하고 감사할 줄 아는 사람, 자선적인 사람, 신실하고 참된 친구가 될 것입니다. (⋯) / 장담하건대 당신은 이번 생에서 그런 것들을 얻게 될 것입니다."(680~418)

요컨대 내기에 참여만 하면 당신은 따게 된다. 저승에서가 아니라면 적어도 이승에서는 어떻게든 따게 된다. 그런데도 하지 않는다는 건 참으로 멍청한 짓일 것이다.

36

사적인 악덕, 공공의 이익

원죄를 확신하는 파스칼은 비관주의자이지만, 17세기의 여러 다른 모럴리스트들처럼 그의 비관주의는 역설적으로 그를 근대적 낙관주의를 예시하는 길로 인도한다. 어느 면에서 그는 자본주의의 기초인 버나드 맨더빌의 《꿀벌의 우화La Fable des abeilles》(1714)와 같이, 그 나름의 방식으로 애덤 스미스와 자유주의를 예고한다고 할 수 있다. 자기에 대한 이기주의적 사랑이 부와 권력을 추구하게 한다는 것, 악덕이 사욕들을 해방하여 부와 사회 질서에 공헌한다는 것, 의도치 않은 집단의 번영이 개인적 악덕의 결과라는 것, 즉 "사적인 악덕이 공공의 이익을 낳는다"라고 이 격언은 말한다.

이와 비슷한 생각이 《팡세》의 여백에 나타난다. 개인적 무질서에서 집단적 질서가 생겨난다는 것, 원죄에서 기인하는 사욕들의 경쟁에서 균형이 자리를 잡는다는 것이다. 이미 성 아우구스티누스도 《신국론》에서 어떤 질서를 유지하려면 "질서에 반하는 것"이 필요하다고 주장했다. "그렇지 않으면 그 질서는 중단될 것이기" 때문이다(XIX, 12). "전쟁은 언제나 그것[전쟁]을 유지하는 어떤 자연을 전제로 하는데, 자연은 모종의 평화 없이는 존속하지 못할 것이다"라고 그는 말했다 (XIX, 13).

파스칼은 《팡세》의 '비참' 묶음에서 이렇게 말한다. "그들은 다른 사람들에게 손해를 끼치지 않고 자신들의 사욕을 채울 다른 방법을 찾아내지 못했다"(108-74). 정치 체계들은 자기애와 사욕으로 인해 서로 상대를 예속하고 파괴할 수도 있을 사람들을 함께 살게 한다. 사회 질서는 사욕들의 균형을 잡아, 사람들 각자는 타인이 자유롭게 사욕을 채우도록 내버려 두면서 자기 자신의 사욕을 채운다.

"사욕에서도 감탄할 만한 규칙을 도출해낼 줄 알고 그것으로 애덕의 풍속도를 그려낸, 사욕 속에도 있는 인간의 위대

함."(150-118)

한데 개인적 사욕들에서 도출한 집단적 질서가 진정으로 '애덕의 풍속도'를 나타낼 수 있을까? 여기서 논증은 다시 한번 역설적 혹은 변증법적이 된다. 인간의 비참이 그의 위대함을 증명하고, 사욕 혹은 자기애가 감탄할 만한 사회, '애덕의 풍속도', 즉 신의 사랑의 형상을 낳는다는 것이다.

'리비도 도미난디(libido dominandi, 지배의 욕망)', 육체의 질서가 시민 사회에 질서를 부여하는 왕들과 부자들과 장수들을 만든다. 이처럼 개인적 이기주의들의 응집은 정글의 법칙과 무정부 상태에 이르는 것이 아니라 진정한 질서에 이르는 것이다.

하지만 이 질서 풍속도는 가짜일 수밖에 없다. 이 애덕의 형상은 불가피하게 기만적이다. 사욕의 사회 질서는 전혀 애덕의 덕택이 아니며 단지 그 이미지요 가장일 뿐이다. 그는 '거짓됨'이라는 묶음에서 이렇게 말한다.

"모든 사람은 천성적으로 서로를 미워한다. 사람들은 할 수 있는 데까지 사욕을 공공의 이익에 쓰이게끔 이용했다. 그러나 그것은 단지 그러는 체하는 것일 뿐이요 애덕의 거짓된 이미지다. 사실 속내를 보면 그것은 증오일 뿐이다."(243-210)

무질서의 요인인 사욕이 자신을 채울 수 있으려면 특정 질서가 사회를 지배할 필요가 있다. '오노라타 소시에타(Onorata società, 명예로운 사회)'에 의해 장악된 지대나 혹은 모든 마피아 조직에서 그렇듯이, 탐욕이 행사될 수 있으려면 상대적이고 피상적이고 불안정한 평화가 유지되어야 한다. 하지만 그런 시민 사회 질서는 애덕이 아니라 증오를 바탕으로 한다. 교양인의 이상에 부응하는 사회, 각자의 자기애가 자신의 욕망을 충족시킬 수 있도록 타인들의 자기애와 타협하는 사회와 별 차이가 없다.

"사람들은 치안이나 도덕, 또는 정의의 감탄할 만한 규칙들을 사욕에서 끌어내어 정당화했다. / 그러나 근본적으로, 인간의 이 고약한 밑바탕, 이 FIGMENTUM MALUM[인간을 이

파스칼과 함께하는 여름

루는 이 악한 실체]은 감추어졌을 뿐이다. 그것은 제거되지 않았다."(244-211)

아직은 《꿀벌의 우화》와 자본주의의 정당화에까지 이르지는 않았다. 파스칼은 악덕들이 유익하다고 주장하지는 않는다. 하지만 그는 자기애가 스스로 자신을 제한할 수 있고 사욕을 조절하여 그것이 과도하게 타인을 방해하지 않게 하며 따라서 타인 역시 그 자신의 이기주의를 절제하게 해줄 수 있다고 말한다. 즉 자기애 자체가 타인들에 대한 자아의 폭정을 무력화한다는 것이다. 훗날 프로이트가 억압이라고 부르는 것이 바로 이것이다.

37

"네가 나를 발견하지 못했다면,
나를 찾지도 않을 것이다"

쥘리앵 그린은 자신의 《일기Journal》에서 이렇게 적는다. "프랑스 문학에서 가장 학대당한 문장 중 하나는 바로 파스칼의 이 '네가 나를 발견하지 못했다면, 나를 찾지도 않을 것이다'가 분명하다. 하지만 이 문장은 적어도 표면적으로는 그리 까다롭지 않다."

이 문장은 1655년 초에 쓴 명상 글 〈예수의 신비Le Mystère de Jésus〉에 나오는데, 아마 파스칼이 '불의 밤'의 계시 후 포르루아얄 데샹 수도원에 머물고 있을 때 썼을 것이다. 글의 제목 '예수의 신비'는 파스칼이 지어낸 건 아니지만, 그의 사유의 전개와 잘 맞아떨어진다. 즉 파스칼은 주로 성 마태의 복음을 좇으며, 예수의 삶의 사건들이 갖는 영적인 의미를 탐구한다.

"예수께서는 '수난' 때 사람들이 주는 고통을 당하신다. 그러나 임종의 순간에는 예수님이 그 자신에게 주는 고통을 당하신다. (…) 그것은 사람이 아니라 전능자가 주는 형벌이다. 그러므로 그 형벌을 견뎌내려면 전능자가 되어야만 한다. (…) / 그는 그 고통과 버림받음을 밤의 공포 속에서 겪으신다. / 나는 예수께서 이때 외에는 한 번도 한탄하신 적이 없었다고 믿는다. 이때 그는 그 극심한 고통을 더는 감당하실 수 없는 듯이 탄식하신다. '내 영혼이 죽음에 이르도록 슬프도다'. (…) / 예수께서는 이 세상이 끝나도록 임종의 순간에 계실 것이다. 그동안에는 잠을 자서는 안 된다."(749-919).

이 같은 명상 끝에 우리는 아래 격려의 말을 만나게 된다.

"안심하라, 네가 나를 발견하지 못했다면, 나를 찾지도 않을 것이다."(751-919)

이 신술 역시 역설적이요, 순환적이기까지 하다. 왜냐하면 은총의 본성을 파악하고자 하나 그 은총이 신비스럽기 때문이다. 파스칼은《은총 논고》에서, 칼뱅주의자들과 몰리니즘 신봉자들 사이의 대립을 극복하고, 예정설과 자유의지를 화해시키고자 했지만, 그가 논점선취의 오류[24] 아닌 다른 뭔가를 산출하는 데 성공했는지는 불확실하다.

그의 위 문장은 성 베르나르 드 클레르보의 문장 "Nemo quaerere te valet, nisi qui prius invenerit(이미 당신을 발견하지 못한 사람은 누구도 당신을 찾지 못할 것입니다)"(De diligendo Deo, VII, 22 ;《신애론》)에서 영감을 받았다.

왜냐하면 모든 추구는 은총의 결과이며, 신을 찾는다는 것은 신에 의해 찾아지는 것이기 때문이다. 추구는 인간이 하는 일인 동시에 신이 하는 일이다. 그래서 파스칼은《죄인의 개종에 관한 논설Écrit sur la conversion du pécheur》에서, 은총이 스며든 영혼의 모순들에 대해, '아 콘트라리오a contrario'[25]로 이렇게 쓴다. 즉 신은 "신을 내치는 사람들에게서만 떠나실 수 있다. 신을 원한다는 건 신을 소유하는 것이고, 신을 거부한다는 건 신

---

24 논증해야 할 것을 전제로 내세우는 오류.
25 대립하는 가정들을 통해 대립하는 결론을 유도하는 추론방식.

을 잃는 것이기 때문이다"(IV, p. 42-43).

바로 위에서 그는 '신앙심 속의 습관'에 대해 언급했다. 다시 말해 기계, 즉 최초의 믿음으로 이끄는 의례들의 존중에 이어, "은총의 빛이 돕는 이성", 즉 신앙으로 가는 길의 두 번째 시기에 대해 거론했다. 우리는 기계, 이성, 은총이라는 세 가지 계기를 기억하고 있다.

저명한 파스칼 연구자 도미니크 데스코트가 적고 있듯이, "인간이 하는 모든 추구는 이미 그가 신의 부름의 대상이 되었음을 전제하며, 어느 면에서 그는 자신이 추구하는 것을 이미 찾았다고 할 수 있다"(《영적인 저자, 파스칼》, 상피옹 출판사, 2006년, p. 437).

인간을 신께서 찾으시는 존재로 이끌기 위해 인간을 찾는 이는 신이다. 신은 신앙의 첫 기초를 유발하며, 그런 다음 두 번째 시기에는, 신을 찾는 인간을 찾는다.

"(…) 인간이 신을 찾는 방법에는 두 가지가 있고, 신이 인간을 찾는 방법에도 두 가지가 있다 (…). 사실 인간이 길을 잃고서 신께 '주여, 당신의 종을 찾으소서'라고 외치도록 신이 인간에게 신앙의 미미한 시작을 열어줄 때의 그 신이 인간을 찾는 방법은, 신이 그 기도를 들어주시고, 신이 그에게 찾아지게 하려고 그를 찾을 때의 그 신이 인간을 추구하는 방법과는 매우 다르다. 사실 '당신의 종을 찾으소서'라고 말하는 자는 이미 찾아지고 발견된 자임이 분명하다. 예언자의 정신을 소유한 그는 신이 그를 찾을 수 있는 다른 방법이 있음을 잘 알고 있었기 때문에, 두 번째 방법을 얻기 위해 첫 번째 방법을 이용한 것이다."(《계명의 가능성에 관한 편지》, III, p. 656-657)

쥘리앵 그린이 감탄한 이 생각은 《은총 논고》에 이미 나타나 있다.

"(…) '당신의 종을 찾으소서'라고 말하는 자는 이미 찾아지고 발견된 자임이 분명하다."(앞의 책, p. 657)

그의 역설 혹은 순환 논리적 특성이, 신이 인간을 찾고 또 인간이 신을 찾는 잇단 두 추구에 대한 이러한 묘사로 해결되었다고 할 수 없을지는 모르겠으나 적어도 명확해진 것만은 분명하다.

"(…) 신이 우리에게 잡사雜事에서 벗어나고자 하는 최초의 바람을 심어주실 때의 그 우리가 미약하게 신을 찾는 방법은, 신이 관계를 끊으신 후, 우리가 신의 가르침 안에서 서둘러 신을 향해 나아갈 때의 그 우리가 신을 찾는 방법과는 매우 다르다."(위의 책)

하지만 가장 중요한 건 바로 "안심하라"라는 첫 조각이다. 파스칼은《팡세》에서 다시 또 말한다.

"네가 나를 알지 못했다면, 너는 나를 찾지 않을 것이다. / 그러니 걱정하지 말아라."(756-929)

안심하라, 걱정하지 말아라. 신이 인간에게 말을 걸어, 인간을 격려한다.

오랫동안 나는 나의 지도하에 연구를 시작하는 학생들에게 이 문장을 되풀이해주곤 했다. "네가 발견하지 못했다면, 너는 찾지도 않을 것이다." 철학자 한스-게오르크 가다머는 이 해석학적 순환을 나쁜 것이 전혀 없는, 이해하는 행위의 토대가 되는 순환으로 규정했다(모든 이해는 모든 것의 의미를 미리 느낀다). 파스칼이 완벽하게 표현해낸 것은 바로 모든 탐구의 원리 그 자체였다. 이를 두고 프루스트는 "파스칼의 숭고한 말"이라고 했다.

38

숨은 신

파스칼의 친구인 로안네즈 공작의 누이 샤를로트 드 로안네즈는 《시골 친구에게 보내는 편지》 논쟁이 한창이던 1656년 8월 파리의 포르루아얄 수도원을 방문해보고서, 곧바로 그곳에 수녀로 입소할 뜻을 밝혔다. 로안네즈 공작은 그녀를 프와투로 데려가 그녀의 소명召命에 대한 시험을 받게 했다. 그 후 1656~7년에 그녀는 파스칼과 많은 서신을 주고받는다. 파스칼은 그녀에게 마음의 길잡이 역할을 해주며, 자신의 의사를 강요하는 일 없이, 그녀의 개종의 동반자가 되어준다. 이때 쓴 그의 편지들에서, 장차 《팡세》의 교리의 핵심이 될 '숨은 신'이라는 주제가 나타난다.

"만약 신이 끊임없이 사람들에게 발견된다면 신을 믿는 미덕이 무의미해질 것이요, 신이 전혀 발견되지 않는다면 신앙이 없어질 것입니다. 하지만 신은 대개는 숨어 계시고, 자신을 섬기는 쪽으로 이끌고 싶은 사람들에게만 드물게 발견되십니다. 신이 사람들의 눈이 침투할 수 없는 기이한 비밀 속에 은신해 계신다는 것은 우리를 사람들 눈에서 동떨어진 고독 쪽으로 경도시키려는 위대한 가르침이라 할 수 있습니다."(1656년 10월 29일경, III, p. 1035; p. 151)

가려지지도 개방되지도 않은 신은 대개는 숨어 있고 어쩌다 모습을 나타낸다. 사람들이 훨씬 더 많은 주의를 기울여야 하는 점은, 신이 모습을 나타낼 때 더욱더 숨는다는 사실이다.

"신은 자연의 베일 아래 숨어 계시는데 이 베일은 부활 때까지는 우리 눈에 띄지 않게 그분을 덮고 있지요. 그러다 나타나야만 하실 때는 자신을 인간으로 가리심으로써 더욱더 숨어버리십니다. 그분은 자신을 보이실 때가 아니라 보이지 않으실 때 훨씬 더 알아보기 쉽습니다."(앞의 책, p. 1035; p. 151-152)

인간이 된 신, 즉 그리스도 역시 숨어 있는 신이다. 더욱더 숨어 있는 신이다.

> "(…) 저는 이사야가 그런 상태의 그분을 보았다고 생각합니다. 그가 예언자의 정신으로, '참으로 당신은 숨어 계시는 신이십니다'라고 말할 때 말이지요. 그분이 존재할 수 있는 마지막 비밀이 바로 여기에 있습니다. (…) 만물은 어떤 신비를 덮고 있습니다. 만물은 신을 덮는 베일들입니다. 기독교인은 모든 것에서 그분을 알아보아야 합니다"(앞의 책, p. 1036-1037; p. 152)

"자연의 베일 아래" 숨어 있고, 부활한 인간의 모습 안에 숨어 있는 신은 파스칼이 뒤이어 명시하듯이, 성찬식의 빵과 포도주 속에, 그리고 성서의 문자 속에도 숨어 있다.

《팡세》에 이사야(45장 15절)의 '숨은 신Deus absconditus' 모티프가 자주 등장하는 이유가 여기에 있다. 파스칼은 이 세상에 작용하는 신의 섭리를 사람들이 볼 수 있다고 주장하는 신학자들을 조롱한다. 성서가 하는 이야기는 오히려 그 반대라고 그는 주장한다.

"오히려 성서는 하느님은 숨어 계시는 신이요, 그리고 인간
의 본성이 타락한 이후 하느님께서는 그들을 맹목 속에 내버
려 두셨고 그 맹목에서 벗어날 수 있는 길은 오직 예수 그리스
도를 통하는 길밖에 없으며, 그리스도를 떠나면 하느님과의
모든 관계가 제거된다고 말합니다. (…) / 성서가 하느님을 찾
는 자들이 수많은 곳에서 그분을 발견한다고 말할 때 우리에
게 강조하는 것이 바로 이점입니다. 대낮의 태양처럼 밝은 빛
얘기를 하는 것이 아닙니다. 결코 우리는 대낮에 태양을 찾는
다거나 바다에서 물을 찾는 사람들은 그것을 발견하게 될 거
라는 얘기 따위는 하지 않습니다. 그렇듯 하느님의 자명하심
은 자연 속에서 그렇게 자명한 것이어서는 안 됩니다. 그래
서 성서는 우리에게 다른 곳을 말하는 것입니다. Vere tu es
Deus absconditus(진실로 주는 스스로 숨어 계시는 하느님이십니
다).**26** (644-781)

---

26 이사야 45장 15절.

파스칼이 제시하고자 하는 바는 이렇다.

"하느님께서는 숨어 계시기를 원하셨다. (…) / 하느님께서는 이처럼 숨어 계시기 때문에, 하느님께서 숨어 계신다고 말하지 않는 종교는 모두 참 종교가 아니며, 또한 그 이유를 설명하지 않는 종교는 모두 교육적인 종교가 아니다. 우리 종교는 이 모든 것을 한다. Vere tu es Deus absconditus."(275-242)

변증辨證의 역전에 의해, 어둠은 기독교에 반하는 논거가 아니라 오히려 기독교를 위하는 논거가 된다. 기독교가 참 종교인 증거는 신이 숨어 있음을 인정하고, 종교의 진리들이 희미한 빛 속에 잠겨 있음을 인정한다는 사실 그 자체에 있다. 그러므로 신자에게나 무신론자에게 요청되는 것은 겸손과 주의이지, 자신과 만족이 아니다. 신은 자기애에 눈이 먼 사람들에게는 자신을 숨기지만, 마음이 정화된 사람들에게는 자신을 드러내기 때문이다.

"신께서 숨어 계신다고 불평하지 말고 그분이 그렇게 여러

번 모습을 나타내신 것에 감사하십시오. 그리고 그토록 거룩
하신 신을 알 자격이 없는 오만한 현자들에게는 모습을 나타
내지 않으셨다는 점을 더욱더 감사히 여기십시오. / 두 부류
의 사람들은 압니다. 자신들이 가진 지식의 정도가 높건 낮건
마음이 겸손하고 낮음을 사랑하는 사람들, 그리고 어떤 반대
에 부딪히더라도 능히 진리를 볼 수 있는 정신력을 가진 사람
들."(13-394)

여기서 우리는 '단계'를 다시 보게 된다. 신은 단순
한 사람들과 통찰력 있는 사람들에게는 모습을 드러내
지만, 이 둘 사이의 오만한 자들에게는 모습을 드러내
지 않는다.

"너무도 순수하신 신이 마음이 정화된 사람들에게만 모습을
드러내시는 건 올바르다."(646-793)

39

기하학의 정신, 섬세의 정신

파스칼이 써서 통용어로 굳은 또 한 쌍의 유명한 말이 있다. 라디오나 다른 여러 매체에서 함부로 마구 인용되어, 쥘리앵 그린이 《팡세》의 다른 한 단편에 대해 말했듯이 종종 "학대당했던" 말, 바로 '기하학의 정신과 섬세의 정신'이라는 말이다. 안이하게도 사람들은 이를 과학적인 것과 문학적인 것의 구분과 동일시한다. 1959년 케임브리지 대학에서의 한 유감스러운 강연에서 C. P. 스노우는 둘의 대립을 과장하여 화해시키기 어려운 '두 문화'와 동일시한 바 있다. 파스칼의 분석은 좀 더 미묘하며 사실은 세 종류의 정신을 구분한다. 즉, 기하학, 정확성, 섬세함이 그 셋으로, 이것들은 원리에 입각한 세 가지 논증 방식을 특징짓는다.

기하학의 정신에 대해 파스칼은 이렇게 말한다.

"그 원리들은 손으로 만질 수 있을 만큼 분명하나 일반적 이용과는 거리가 멀다. 그래서 사람들은 습관이 되지 않아 그쪽으로 생각을 돌리기가 어렵다. 조금만 그 방향으로 생각을 돌리면 그 원리들을 충분히 잘 볼 수 있다."(670-512)

수학 원리들은 잘 이해가 되지 않고 습관을 방해한다. "익숙지 않은", 반反직관적인 원리들이라고 오늘날의 사람들은 말할 것이다. 파스칼 시대에 그것은 닫힌 세계와 대립하는 무한한 우주 혹은, 슈발리에 드 메레[27] 같은 이가 받아들일 수 없었던 기하학적 공간의 무한 가분성可分性 같은 것이었고, 오늘날에는 일반상대성이나 아니면 살아있는 동시에 죽은 슈뢰딩거의 고양이 같은 것이 그런 것이라 할 수 있을 것이다.

첫 번째 조각에서 파스칼은 정확함의 정신을 기하학의 정신과 대립시킨다. 둘 다 과학적이지만 다른 질서에 속한다. 정확함의 정신은 "소수의 원리에서 결과들을 잘 끌어내는", "원리의 결과들을 생생하고 깊게 통

---

[27] 파스칼과 대립했던 프랑스의 작가 앙투안 공보Antoine Gombaud의 필명. 그는 직선이 무한히 나뉠 수 있다는 수학자들의 생각이 틀렸다고 주장했다.

찰하는" 속성을 갖는다. 그러나 기하학의 정신은 "많은 원리가 있는 것들에서 결과를 잘 끌어내며", "다수의 원리를 혼동하지 않고 이해할 줄" 안다. 또 다음과 같은 차이가 있다.

"하나는 정신의 힘과 올곧음이고, 다른 하나는 정신의 넓이다."(669-511)

정확함의 정신에 대해 파스칼은 '물의 효과들', 다시 말해 공기의 무게라든가 진공에 관한 그 자신의 연구를 예로 든다. 그 구분은 물리학과 기하학의 구분으로, 이는 정신을 다르게 쓰는 거라는 걸 파스칼이 경험을 통해 아는 영역들이다.

두 번째 조각에서 파스칼은 "손으로 만질 수 있을 만큼 분명하나 일반적 이용과는 거리가 먼" 기하학의 정신을 섬세의 정신과 대립시키는데, 이 정신의 "원리들은 일반적으로 쓰이고 모든 이의 눈앞에 있는" 것들이지만 "너무나 섬세하고 또 그 수가 너무나 많아 그중에 어떤 것을 빼먹지 않기가 거의 불가능하다."(670-512).

오해하지 않도록 다시 한번 주의하자. 여기서도 역시 문제는 원리들을 제기하고 거기에서 결과들을 끌어내는 것이다. 그러므로 섬세의 정신을 마음과 혼동해서는 안 된다. 파스칼에게 마음이란 제1원리들(시간, 공간, 수)에 대한 본능적 직관이기 때문이다. 파스칼이 말하는 바는 이 두 혹은 세 정신에 있어, 그 원리들이 같은 질서에 속하지 않는다는 것이다. 즉 정확함의 정신의 대상은 단순한 원리들이고, 기하학의 정신의 대상은 잘 규정되었으되 수가 많고 익숙하지 않은 원리들이며, 섬세의 정신의 대상은 친숙하되 수가 많고 섬세한 원리들이라는 얘기다.

이 마지막 세 번째 원리들을 보자.

"사람들은 그것들을 잘 보지 못한다. 잘 보지 못한다기보다는 잘 느끼지 못한다고 하는 편이 옳으며, 스스로 그것들을 잘 느끼지 못하는 이들에게 그것들을 잘 느끼게 하려면 무한한 노력이 필요하다. 그것들은 몹시 섬세한 데다 수가 너무나 많아, 그것들을 느끼고 또 그 느낌에 따라서 올바르고 정확하게 판단하려면 아주 섬세하고 선명한 감각이 필요하다. 대

파스칼과 함께하는 여름

개 그것은 기하학에서와 같은 질서로는 입증할 수가 없다. 기하학의 원리들 같은 것이 있지도 않을 뿐 아니라 그런 시도를 한다는 건 끝없는 일이 될 것이기 때문이다. 여기서는 적어도 일정 단계까지는, 사물을 점진적인 추론에 의해서가 아니라 단 한 번의 눈길로 단번에 보아야 한다."(앞의 책)

섬세한 정신은 "함축적으로, 자연스럽게, 기교 없이" 추론한다. 그는―자신의 직관 덕택에―"단 한 번의 눈길로 판단하는 데 익숙해서" 그 추론의 단계들이 명시적이지 않지만, 그가 하는 것도 기하학의 정신이 하는 추론 못지않은 추론이다. 그 원리들은 공용共用에, 세상에 속하는 원리들이다. 생이나 인간에 대한 인식 등이 그의 영역으로, 이는 물리학자나 기하학자의 자질과는 다른 자질을 요구한다. 섬세의 정신은 [인간성을 탐구하는] 모럴리스트의 정신이다. "하지만 그릇된 정신은 결코 섬세한 사람도 기하학자도 아니다"라고 파스칼은 덧붙인다.(앞의 책)

파스칼은 여러 정신 간의 차이를 강조한다. 요구되는 자질이 서로 다르며, "기하학자가 섬세하거나, 섬세한 사람이 기하학자인 경우는 드물다." 기하학자는 섬세한 일들을 다루려고 하다가 웃음거리가 되고, 섬세한 정신은 자신들이 전혀 이해하지 못하는 기하학자들의 세밀한 명제들에 넌더리를 낸다.

여기서 파스칼이 말하지 않은 것은 이것이다. 어떤 이들은 두 가지 정신을 소유하고 있다는 것, 기하학자이기만 한 게 아닌 기하학자들과 섬세한 사람이기만 한 게 아닌 섬세한 사람들이 있다는 것, 그 자신이 바로 그런 경우이고, 그래서 그가 모럴의 영역과 과학 분야 양쪽 모두에서 명철한 정신의 왕자라는 것.

파스칼은 자신의 사교계 친구들에게 섬세함이 부족하다고 느꼈다. 슈발리에 드 메레는 1653년에 그에게 편지를 써서, 그의 "줄줄이 늘어진 장황한 논증들"에 거부감이 들었고, 그에게 "실망했다"고 말했다(III, p. 353). 그의 친구들은 진리 탐구에서 다른 스타일을 옹호했고, 이것이 파스칼에게 마음과 섬세함 같은 개념 구상에 영감을 주었다.

1660년에 파스칼은 건강 때문에 페르마의 집 방문을 포기하면서 이렇게 덧붙였다.

"저는 귀하를 전 유럽에서 가장 위대한 기하학자로 여기고 있습니다만, 저를 배교시키는 것이 그런 자질 같지는 않습니다. 저는 당신의 대화에 기지와 교양이 가득하리라고 상상하는데, 제가 귀하를 찾는다면 바로 그것 때문일 것입니다. 사실 귀하께 기하학에 대해 솔직하게 말씀드리자면, 저는 그것을 최고도의 정신 훈련으로 여깁니다만, 동시에 그것에 대해 아는 바가 너무 변변찮아서, 그저 기하학자일 뿐인 사람은 재주 있는 장인과 별 차이가 없는 것 같습니다."(IV, p. 923)

생의 만년에 파스칼은 교양과 대화가 과학보다 우월하다고 판단했다. 《팡세》의 한 단편은 그의 그런 변화를 상기시킨다.

"나는 오랫동안 추상적인 과학 연구에 헌신했으나, 인간적인 교류를 거의 가질 수 없다는 점 때문에 그런 연구에 싫증을 느꼈다. 그러다 인간에 관한 연구를 시작하고서, 그런 추상적인 학문이 인간에게 적합한 학문이 아님을 깨달았고, 인간에 대해 파고드는 내가 인간을 모르는 다른 사람들보다 더 나의 인간 조건에 대해 헤매고 있음을 깨달았다. 나는 그것에 대해 거의 아는 것이 없는 다른 사람들을 용서했다. 그렇지만 나는 적어도 인간을 연구하다 보면 많은 동반자를 만나게 되리라고 믿었고, 또 그것이 인간에게 적합한 참된 연구라고 생각했다. 하지만 이는 나의 착각이었다. 인간을 연구하는 사람은 기하학을 연구하는 사람들보다도 더 소수였다."(566-687)

인간 공부를 하고자 했으나, 선배들을 찾지 못한 파스칼은 이 분야에서도 그만의 방법을 생각해내야 했다.

교양인이란 무엇보다도 우선 명예롭고, 사교적이고, 정중하고, 예의 바른 사람이다. 하지만 파스칼의 친구들은 교양에 대해 좀 더 고상한 견해를 품고 있다. 그들에게 그것은 모두를 위한 행복, '지고선至高善인' 평화를 추구하는 도덕적 아름다움이다(116-81). "사람은 모두 행복을 추구"(181-148)한다는 것, 이는 교양과 《팡세》의 공통된 전제다. 그러므로 교양은 남의 환심을 사는 기술이요, 자신을 모두의 마음에 들게 하는 기술, 남에게 사랑받는 기술이며, 파스칼의 교양 이론가 친구들인 메레와 미통에 따르면, 타인의 행복, 이타주의를 내포하는 사회생활의 기술이다. "교양은 (…) 행복해지려는 욕망으로 보아야 하나, 그 방식이 다른 사람들 역시 행복해지는 방식이어야 한다"라고 미통은 말했다. 그들에게 도덕적 미덕은 그것이 지닌 사회적 가치와 분리되지 않는다.

"큰 노고 없이 행복해지기 위해서는, 자신의 행복을
방해받을 걱정 없이 확실하게 행복해지기 위해서는 다
른 사람들 역시 우리와 함께 행복해지는 식으로 행복
해져야 한다. 왜냐하면 오직 자기 생각만 하려 들면 계
속되는 반대에 직면하기 때문이다. 오직 다른 사람들
도 동시에 행복해진다는 조건으로만 행복해지려고 한
다면 모든 장애가 제거되고 모든 사람이 우리에게 손
을 내민다. 우리를 위하고 또 다른 사람들을 위하는
이 같은 행복 경영을 우리는 '교양'이라고 불러야 한
다. 잘 생각해보면 교양이란 잘 조정된 자기애일 뿐이
다." 《교양에 관한 생각》

회심 이후 파스칼은 그의 친구들과 소원해지지만,
이 교양의 이상理想 같은 뭔가가 《팡세》에 남아 있다.
몽테뉴에게 그렇듯이 그에게도 교양인이란 보편적인
보통의 인간, 그저 인간적인 인간이다.

"그를 두고 사람들이 '그는 수학자다'라고 말할 수 있어서도
안 되고, 설교가라거나 웅변가라고 말할 수 있어서도 안 된

다, 그저 '그는 교양인이다'라고만 말할 수 있어야 한다. 그런 보편적인 특성만이 내 마음에 든다. 어떤 사람을 보고서 그의 책을 기억하는 건 좋지 않은 징조. 어떤 자질[재능]을 쓰게 될 만남과 기회가 주어질 때만, NE QUID NIMIS[딱 그만큼만], 사람들이 그런 자질을 알아차렸으면 한다. 어떤 한 가지 자질이 뛰어나 그런 딱지가 붙는 게 염려스럽기 때문이다."(532-647)

파스칼은 전문가들의 현학적인 태도를 비난하고, 기하학자와 시인의 편협함을 수놓는 사람의 편협함과 같은 것으로 비판한다.

"세상 사람들은 시인이나 수학자 등의 간판을 달지 않으면 시를 아는 사람으로 인정하지 않는다. 그러나 보편적인 사람들은 결코 간판을 바라지 않으며 시인이라는 직업과 수놓는 사람이라는 직업 간에 별 차별을 두지 않는다."(486-587)

교양인, 즉 보편적 인간은 이상적으로는 모든 걸 알아야 마땅하다. 그렇지 않다면 중간에, 평범함 속에 자리 잡아야 한다.

"모든 것에 대해 모든 것을 알아서 보편적인 사람이 될 수는 없기에, 모든 것에 대해 조금씩 알아야 한다. 사실 어떤 한 가지에 대해 모든 걸 아는 것보다는 모든 것에 대해 조금씩 아는 것이 훨씬 더 아름답다. 그런 보편성이 가장 아름다운 것이다. 양쪽을 다 취할 수 있다면 더더욱 좋다. 그러나 선택해야 한다면 후자를 선택해야 한다."(228-195)

끝으로 하나만 덧붙이자. 몽테뉴도 그랬지만, 파스칼에게도 교양은 우정의 조건이다.

"(나는 어릿광대와 멍청이 둘 다 싫어한다). 둘 중 어느 쪽도 친구로 삼지 않을 것이다. / (…) 원칙은 교양이다. / 시인과 교양 없는 사람."(503-611)

므슈 드 몽스, 루이 드 몽탈트,
아모스 데통빌, 솔로몬 드 튈티

"신이여 절대 저를 버리지 마소서!"(I, p. 602), 이것이 파스칼의 마지막 말이었다. '메모리알'에서, 파스칼은 신뢰와 확신을 거듭 표명하면서도 이렇게 묻는다. "하느님, 저를 버리시려나이까?"(742-913). 의심이 신앙과 분리되지 않는다. 《팡세》가 자유사상가에게 불러일으키고자 한 불안이 이 책의 저자가 몰랐던 감정이 아닌 이유다.

《팡세》의 많은 단편은 비극적이고, 근엄하고, 경건하고, 교훈적이다. 하지만 다른 단편들에는, 혹은 같은 단편들에도, 생기와 익살과 짓궂음과 농담기가 다분하다.

"인간은 너무나 필연적으로 미친 존재여서 미치지 않으려는 광기의 발작에 의해서라도 미친 존재가 되지 않을 수 없을 것

이다."(31-412)

파스칼에게는 논객과 도박사의 면모가 있었다. 그
는 가면과 이중과 익명을 좋아했다. 1656년에 박사들
과 제수이트들을 상대로 한창《시골 친구에게 보내는
편지》캠페인을 벌이고 있을 때, 그는 소르본 근처, 훗
날 루이 르 그랑 고등학교로 변신하게 될 콜레주 드 클
레르몽 맞은편의 '다윗왕' 주막에, 부계 조모의 이름을
딴 므슈 드 몽스M. de Mons라는 이름으로 몸을 숨긴다.

프롱드[반항]의 정신과, 마자렝 풍자문諷刺文 조의 유
쾌한 어조, 환희에 찬 사정없는 논조 등으로, 그의 그
'짧은 편지들'은 파리의 살롱에서 사교계 인사들과 여
성들에게서 큰 성공을 거두었다. 파스칼은 놀이에 열
중하는 편이었고, 은밀함과 빈정거리기를 기꺼워했으
며, 연재를 연장하는 걸 즐겼다. 사람들의 갈채는 포르
루아얄 수녀원 원장 앙젤리크 수녀를 거북하게 했는
데, 그녀는 "사람들을 회심시키기보다 재미있게 해주
는 웅변"으로 얻은 그의 사교적 허영과 수상쩍은 영예
를 비난했다(다섯 번째《시골 친구에게 보내는 편지》이후, 1656

년 4월 2일, 앙투안 르 메스트르에게 보낸 편지, p. 195).《시골 친구에게 보내는 편지》에는 저자의 이름이 붙지 않았으나, 1657년 초에 모음집이 나왔을 때는 작자가 파스칼의 차명借名인 루이 드 몽탈트였다.

그가 1658년에 유럽의 수학자들에게 날린 도전, 즉 룰렛 혹은 사이클로이드 현상공모를 내걸었을 때는 익명이었다. 하지만 사이클로이드에 관한 자신의 글들을 모을 때는, 여전히 은밀함에 매료되어, 그 글들을 《아모스 데통빌의 편지들Lettres d'Amos Dettonville》에 모았다. 아모스 데통빌Amos Dettonville은 루이 드 몽탈트 Louis de Montalte의 철자들을 바꾸어 만든 이름이다.

로안네즈 공작이나 메레, 미통 등과 어울려 짓궂게 장난치며 웃는 파스칼을 상상해야 한다. 엄연한 수학자이지만, 그에게는 중고등학생 같은 면이 있다.

"사람들은 플라톤과 아리스토텔레스를 학자의 긴 가운을 걸친 모습으로만 상상한다. 그들은 친구들과 어울려 웃는 여느 사람과 다를 바 없는 교양인이었다. 그들이 자신들의 '법'을 만들고 '정치'에 대해 쓸 때, 그들은 즐기면서 그런 일을 했다.

(…) 그들이 정치에 대해 글을 쓴 것은 정신병원을 통제하기 위한 일 같은 것이었다."(457-533)

《팡세》에는 두려움이 지배적이지만, 맛과 묘미도 없지 않다.

"에픽테토스와 몽테뉴와 솔로몬 드 튈티의 글쓰기 방식은 머릿속에 가장 잘 들어오고 더 오래 기억에 남고 가장 많이 인용되는, 가장 많이 쓰이는 방식이다. 왜냐하면 전적으로 그것은 우리 삶의 일상적인 이야기에서 탄생한 생각들로 구성되어 있기 때문이다."(618-745)

아모스 데통빌과 루이 드 몽탈트의 철자를 바꾸어 만든 이름 솔로몬 드 튈티Salomon de Tultie의 한담閑談은 에픽테토스나 몽테뉴의 한담과 마찬가지로, 친숙한 대화에서 탄생한다. 섬세의 정신이 일상의 원칙들에 관해 추론할 뿐이며, 이 세상에 "선사善事보다 더 보편적인 건 없다"(《설득술에 대하여》, III, p. 427). 《팡세》는 클레오파트라의 코라든가 크롬웰의 요도 같은 재미난 예나

홍미로운 관찰들 수집도 서슴지 않는다.

"절름발이는 우리의 화를 돋우지 않는데 정신적 절름발이가 우리의 화를 돋우는 이유는 무엇인가?"(132-98)

또는,

"비슷하게 생긴 두 얼굴, 어느 쪽도 따로 있으면 웃음을 자아내지 않는데 함께 있으면 비슷해서 웃음을 터뜨리게 한다."(47-13)

그렇다, 우리는 공포 속에서 살고 있고, 생은 부당하다.

"수많은 사람이 쇠사슬에 묶여 있는 것을 상상해보라. 모두 사형선고를 받은 사람들인데, 날마다 그중 어떤 이들은 다른 사람들이 보는 앞에서 교수형을 당하고, 나머지 사람들은 자기와 같은 사람들을 통해 자기 자신의 처지를 본다. 고통스럽게, 아무런 희망 없이, 서로를 쳐다보면서 자신들의 차례를 기다리고 있다."(686-434)

아마 앙드레 말로는 《인간의 조건》에서, 그리고 카뮈는 《페스트》에서 이 대목을 떠올렸을 것이다.

하지만 파스칼은 우쭐거리며 으스댄 적이 없다.

"내가 아무것도 새로운 걸 얘기하지 않았다고 말하지 말길 바란다. 자료들의 배치가 새롭지 않은가. 테니스를 칠 때 양쪽은 같은 공으로 경기를 하지만, 한쪽이 공을 더 잘 배치한다."(575-696)

게임 같은 인생과 작품을 나타내는 이 가볍고 냉소적인 이미지로 우리의 책을 마무리하도록 하자. 이 이미지가 절대 우리를 저버리는 일이 없기를!

참고문헌

- 파스칼 저, 《시골 친구에게 보내는 편지, 팡세, 그밖의 다른 소책자들》, 필립 셀리에와 제라르 페레롤 판版, 파리, 리브레리 제네랄 프랑세즈 출판사, '라 포코테크' 총서, 2004년.
- 《시골 친구에게 보내는 편지》에 대해서는 위 판본의 페이지를 적었고, 《팡세》에 대해서는 위 판본(1991년 셀리에 판)의 단편 번호를 적고 뒤에 라퓌마 판(1951년) 번호를 덧붙였다.
- 다른 텍스트들에 대해서는 1964년(1991년 재간), 1970년(1991년 재간), 1991년, 1992년에 출간된 《전집》(장 메나르 판, 파리, 데클레 드 브라우어 출판사, '유럽 도서관' 총서)을 참조했는데, 4권으로 된 이 전집을 I, II, III, IV로 표기하고 뒤에 페이지를 적었다. 여기에 소책자가 실린 경우에는 위의 셀리에-페레롤 판의 페이지를 부기했다.
- 도미니크 데스코트와 질 프루스트의 훌륭한 인터넷사이트, '블레즈 파스칼의 《팡세》'(클레르몽 오베르뉴 대학교, CNRS, 프랑스 국립도서관)를 추천한다. 주소는 http´//www.pensees depascal.fr/ 이다.

두 고독

고독하다는 건 불행한 일인가? 고독을 긍정적으로 생각하는 사람은 많지 않은 것 같다. 대개는 불행한 운명과 동의어로 쓰인다. 지난해 여름 앙투안 콩파뇽의 《보들레르와 함께하는 여름》을 우리말로 옮기고, 올해 여름에 또 같은 저자의 《파스칼과 함께하는 여름》을 내게 되었다. 덕분에 이 두 위대한 고독자의 작품세계를 되돌아보고, 둘의 삶을 비교해보는 즐거움을 맛보았다. 고독을 불행으로 여기는 대다수 사람과는 달리, 두 사람은 고독을 오히려 진정한 행복의 조건으로 여겼다. 번역 작업을 마무리하면서, 어떻게 고독이 불행이 아니라 행복의 조건일 수 있는지, 잠시 두 사람의 생각을 더듬어보고 싶었다. 우리의 인생길에 어느 날 문득 예기치 못한 불행처럼 찾아들 수도 있는 고독, 그것을 그들처럼 행복의 조건으로 바꿀 수만 있다면 얼마나 좋겠는가.

파스칼과 보들레르는 둘 다 군중을 멀리하고 고독을 즐긴 사람들이다. 파스칼은 젊은 시절 잠시 사교계 생활을 즐기기도 했지만, 30대 초에 이미 세속에 염증을 느끼고 포르루아얄 수도원으로 은둔하여 고독 속에서 명상을 즐겼다. 보들레르는 《파리의 우울》에 실은 〈고독〉이라는 산문시에서, 어느 박애주의자 신문기자가 그를 찾아와 고독은 몸에 해롭다고 하는 말을 듣고 이렇게 적는다.

"라브뤼예르는 '혼자 있을 수 없는 커다란 불행!…'이라고 말했으니, 아마도 저 자신을 견뎌내지 못할 것이 두려워 군중 속으로 달려가 자기를 잊으려는 모든 작자에게 치욕을 안겨주려 했던 게 아닌가 싶다. 또 한 명의 현자 파스칼은 '우리의 불행은 거의 모두 자기 방에 머물러 있을 수 없었던 데서 생긴다'라고 말하였으니, 확신하건대 명상의 독방에서 이 말을 할 때 그는 행복을 움직임에서 찾는 (…) 저 모든 미치광이를 떠올렸으리라."

사람이 고독을 두려워하는 이유는 무엇인가? 파스칼은 사람들이 고독에서 달아나려 하는 이유는 자기 자신의 조건과 대면하는 것이 두렵기 때문이라고 생각한다. "죽는 존재인 우리의 취약한 조건에서 오는 자연적인 불행"이 너무나 비참해서 그것에 대한 엄중한 생각에 빠지면 그 무엇도 우리를 위로해줄 수 없다고 그는 말한다. 그래서 인간의 조건, 생의 비참을 잊기 위해 오락을 추구한다는 것이다(이에 관해서는 본문 내용 중 '오락이 없는 왕' 참조). 파스칼에게는 '숨은' 신을 찾는 것 이외의 모든 개인적, 사회적 활동이 괜한 소동이요 오락이다. 우리가 오락을 추구하는 것은 거기에 참 행복이 있어서가 아니라 그것이 "우리 자신의 조건을 생각하지 않게 해주고 우리의 정신을 딴 데로 돌려" 주기 때문이다. 보들레르 역시 적어도 고독에 대해서만큼은 파스칼과 생각이 같다. 위 인용문에서 그는 "현자" 파스칼을 인용하여, "행복을 소동에서 찾는 저 모든 미치광이"라고 말하지 않는가.

이렇듯 파스칼과 보들레르가 고독 취미를 공유한건 사실이지만, 사실 이 두 사람만큼 친구가 되기 힘든 관계도 없을 것이다. 특히 인간의 상상력에 대해 둘은 극과 극으로 대립한다. 파스칼은 시를, 시인을 좋아하지 않았다. 인간의 허영심을 도와 인간에게 그 자신의 비참을 숨겨주는 최고의 조력자, 그것이 바로 그가 서슴지 않고 "오류와 거짓의 주인"이라고 명명하는 인간의 상상력이기 때문이다. 《팡세》에서 그는 이렇게 말한다.

"상상력이 이성과는 달리 충분히 그리고 완벽하게 제 주인들을 만족시키는 것을 보는 것보다 더 우리를 화나게 하는 일은 없다."

파스칼은 상상력을 오류와 거짓의 원흉으로 보았고, 시인을 오락을 즐기는 어릿광대 같은 존재로 보았다. 파스칼에게는 그 자신이 즐겼던 수학도 하나의 오락이었지만, 시야말로 정신을 다른 데로 돌리기 위한 오락의 전형이요 숨은 신의 추구를 방해하는 최대의 적이다. 그가 상상력을 "인간의 여러 재능 중 최하위 재능"으로 꼽는 이유다.

《팡세》의 독자 보들레르는 파스칼의 그런 생각을 어떻게 받아들였을까? 상상력을 인간이 지닌 최고의 능력("여러 능력 중의 여왕"이라고 그는 말한다)으로 치켜세울 때, 그는 마음속으로 파스칼의 위 말을 떠올리지 않았을까? 사실 그의 시와 산문에는 종종 파스칼의 그림자가 어른거린다. 《벌거벗은 내 마음》에서 하는 아래 말에서도 그렇다.

"모든 인간의 마음속에는 항시 두 가지 청원이 있는데, 하나는 신을 향한 것, 다른 하나는 악마를 향한 것이다. 신, 혹은 영성을 향한 기도는 상승의 욕망이요, 악마, 혹은 동물성을 향한 기도는 하강의 기쁨이다. 여자에 대한 사랑과 개, 고양이 등 동물과의 은밀한 대화가 관련된 것은 후자이다. 이 두 종류의 사랑이 주는 즐거움은 그것들 각각의 특성에 꼭 들어맞는다."

《악의 꽃》의 시인 보들레르는 이 글을 쓸 때 파스칼을 떠올리지 않았을까 싶다. 여기서 그는 파스칼에게 항변이라도 하듯 이렇게 외치는 것 같다. '당신의 고독은 빛을 향한 길이었지만, 나의 고독은 어둠을 향한 길이다. 당신은 상승의 기쁨을 누리고자 했으나, 나는 기꺼이 하강의 즐거움을 맛보련다. 어둠을 향해 내려가면서, 당신이 비난하는 바로 그 상상력의 힘으로, 이 세상의 진창을 황금으로 바꾸어보련다.'

엄정한 사색으로 '숨어버린 신'을 발견하고자 했던 파스칼과 시적 상상으로 '이를 수 없는 미'에 이르고자 했던 보들레르, 두 사람이 고독을 통해 누린 즐거움의 내용은 이처럼 다르지만, 둘 다 온 힘을 다해 우리에게 고독의 힘을 보여준 정신의 스승들임은 분명하다.

"인간은 생각하는 갈대"라거나, "저 무한한 우주의 영원한 침묵이 나는 두렵다" 같은 말들을 곱씹어보시라. 파스칼의 말은 생각하는 즐거움을 준다. 《팡세》는 인류의 문화유산이라 할 만한 책이 분명하지만, 파스칼 생전에 정리된 책이 아니어서 수수께끼 같은 문구도 많고 판본도 여럿이다. 그래서 우리가 편히 읽고 그의 사상을 두루 이해하기가 쉽지만은 않다. 그런 파스칼의 삶과 작품세계에 이렇게 간결한 한 권의 책으로 쉬 다가갈 수 있게 해준 저자에게 감사하자. 고독과 사색을 즐기는 이들에게 일독을 권한다.

2021년 6월,

김병욱

파스칼과 함께하는 여름

파스칼과 함께하는 여름

첫판 1쇄 펴낸날 2021년 7월 6일

지은이 | 앙투안 콩파뇽
옮긴이 | 김병욱
펴낸이 | 박남주

종이 | 화인페이퍼
인쇄·제본 | 한영문화사

펴낸곳 | (주)뮤진트리
출판등록 | 2007년 11월 28일 제2015-000059호
주소 | 서울시 마포구 토정로 135 (상수동) M빌딩
전화 | (02)2676-7117 팩스 | (02)2676-5261
전자우편 | geist6@hanmail.net
홈페이지 | www.mujintree.com

ⓒ 뮤진트리, 2021

ISBN 979-11-6111-073-8 04860
     979-11-6111-071-4 04860(set)

• 책값은 뒤표지에 있습니다.